文春文庫

読書の森で寝転んで

葉室 麟

文藝春秋

読書の森で寝転んで　目次

第一章　読書の森で寝転んで

第二章　歴史随想ほか

読書の森で寝転んで

本書は文春文庫オリジナルです

第一章　読書の森で寝転んで

わたしを時代小説家へと導いた本

わたしに時代小説を書かせた本ということで、正直に言うと実はマンガなのだ。白土《しらと》三平《さんぺい》の『忍者武芸帳　影丸伝』（三洋社）を貸本屋で借りて読みふけったわたしは、小学生にして戦国時代は実は階級闘争の時代だったと知った。なぜ、子供相手のマンガにそんなことが描かれていたのか、ということは後に四方田犬彦《よもたいぬひこ》の『白土三平論』を読んでわかった。白土は一九三二年にプロレタリア美術の画家、岡本《おかもと》唐貴《とうき》の長男に生まれた。岡本は左翼思想を抱いており、そのことが白土に影響したのは明らかだ。

さらに岡本一家は戦時中、長野県の長村《おさ》（現・上田市真田町）に疎開した。言うまでもなく、大坂の陣で活躍した真田幸村（信繁）の故郷の地だ。長野県で自然の美しさと真田忍者のストーリーに親しんだ白土は父親譲りの思想をミックスさせて、言うならば、マルクス主義の歴史的、土着的展開という形で独特の白土ワールドを築いた。そして『カムイ伝』が描かれる。『影丸伝』には、陽性のエンタメ要素が盛り込まれていたが、『カムイ伝』では、封建社会の矛盾と差別の問題が描かれ、息苦しいほどに陰鬱だった。しかし、これが社会の実相なのだろうと真面目に読んだ。『カムイ伝』はやがて封建体制を築いた大御所、徳川家康自身が差別される「ささらもの」出身であることに突き当たる。このことが歴史的事実なのかどうかは知らない。ただ、差別が差別を生み出すとすれば社会の核心は陰惨な闇だということになる。そうかもしれないが、わたしは別な光景を思う。古代のひとびとは夜の闇と獣を恐れて焚火のまわりに集まった。無論、力関係はあったであろうが、集団で生きていかねばならない弱い獣である人間は集まる者を排除しなかった。社会の核心は焚火に象徴される光ではないか。そう思うのだ。ところで拙作の『銀漢《ぎんかん》の賦《ふ》』（文春文庫）で武士の子である源五、小弥太と少年時代、友になり、長じては一揆の指導者になった十蔵に、わたしは『カムイ伝』の真摯な農民、正助《しょうすけ》の生きざまを託しているのかもしれない。では、そんな重苦しい時代をどう生き抜くか。そう考えたときに行き当たったのが、花田清輝の評論だ。『東洋的回帰』という本である。花田は戦前から左翼系の評論家として活躍、戦後は平野謙、吉本隆明と論争を繰り返した。重苦しい時代をしたたかな論理で生き延びた。花田の文章をトリッキーなレトリックに過ぎないという批判は容易なのだが、わたしは言葉が変われば世界が変わると考えているので、花田のチャレンジに爽快なものを感じる。言葉の力を信じたいと思うのだ。

連れ添うように在野のひとびとを記す

花田は『もう一つの修羅』（講談社文芸文庫　現代日本のエッセイ）という著書の「あとがき」でこう記す（筆者要約）。

自分は四半世紀もエッセイを書いてきたが、初心に日本があったにもかかわらず、戦時中につとめて日本的なものから離れていたため、初心を忘れそうになっていたようだ。しかしこれは自分がたんに怠け者だったからで、今後もあいかわらず「働き者の蟻」にはならないだろうけれども、そのぶん「怠け者の蟬」として命のあるかぎりは精魂かたむけてジリジリ歌いつづけることだけはするような気がする。その歌というのはおそらくは自分の初心にある日本というものだ。

歴史・時代小説を書く心構えはこのようなものだとわたしは思っている。

いや、心構えというなら、もうひとつある。わたしは拙作『蜩《ひぐらし》ノ記《き》』（祥伝社文庫）で直木賞をいただいたが、本になってしばらくして、主人公の戸《と》田秋谷《だしゅうこく》には筑《ちく》豊《ほう》の記録文学作家、上野英信の面影があると気づいて愕然とした。学生時代、上野のもとを訪れて感激した話はエッセイで何度か書いたのでここではふれない。ただ、わたしは歴史とは上野が筑豊の炭坑労働者に連れそうように書き続けた作品の中にあると思う。『追われゆく坑夫たち』は岩波新書で復刊され、『地の底の笑い話』は河出書房新社の日本文学全集『近現代作家集Ⅱ』に抄録されているのだが、径書房《こみちしょぼう》の『上野英信集2　奈落の星雲』にはこの二作が入っている。上野は岩波新書版『追われゆく坑夫たち』のあとがきで炭坑夫たちのことを描き続けた理由をこう書いている。

> やはりその最大の理由は、私以外にだれひとりとして書く者がいなかったからだ、というほかはない。だれも書きとめず、したがってだれにも知られないまま消えさってゆく坑夫たちの血痕を、せめて一日なりとも一年なりとも長く保存しておきたいというひそかな願いからであり、そうせずにはおれなかったからである。

ただそのひとすじの執念――妄執といってもよい――にかられて、私は仕事をつづけてきた。

記録文学者である上野の仕事と歴史・時代小説を同様に論じることはできない。だが、たとえば作家、長谷川伸の『相楽総三《さがらそうぞう》とその同志』が支えになってくれる。『瞼の母』『一本刀土俵入』等の股旅物、人情物で流行作家の地位を築いていた長谷川伸が、なぜ幕末の草莽《そうもう》の志士、相楽総三の事績を書こうと思い立ったのか詳しいことは知らない。ただ、この作品は長谷川にとって十三年の歳月をかけた執念の作品である。

相楽総三は幕末、薩摩藩の指図により、江戸で富商襲撃などの騒ぎを起こし、王政復古になると赤報隊《せきほうたい》として官軍の先鋒を務めたが、農民に年貢半減をふれたため偽官軍として処刑された悲運の草莽の志士だ。

長谷川は昭和十八年（一九四三）初版本の「自序」で次のように書いた。

相楽総三という明治維新の志士で、誤って賊名のもとに死刑に処された関東勤王浪士と、その同志であり又は同志であったことのある人々のために、十有三年間、乏しき力を不断に注いで、ここまで漕ぎつけたこの一冊を、「紙の記念碑」といい、「筆の香華《こうげ》」と私はいっている。

『葉隠』で語られた崇高な「恋」の形

紙の記念碑、筆の香華という言葉に込められた思いは凛冽《りんれつ》だ。言わば歴史の闇に落ちた志士である相楽総三について書くことは歴史そのものを書くことのように、少なくともわたしには思える。だが、そのような人間のことを書いた史書があるかと言えば、たとえば岩波文庫で読むことができる『葉隠《はがくれ》』がある。

これは、九州、佐賀の鍋島藩（または佐賀藩）に仕えた山本常朝《やまもとじようちよう》が五十一歳のころから七年にわたって語った聞き書きとされる。同じ鍋島藩の祐筆《ゆうひつ》だった田代陣基《たしろつらもと》が、享保元年（一七一六）ごろにまとめたものだ。「武士道といふは、死ぬ事と見付けたり」という有名な言葉が独り歩きして、戦時中は「死の美学」としてもてはやされた。はたしてそうか。常朝は「常住死身《じようじゆうしにみ》」ということを説く。これは、いざというときに命を投げ出すという覚悟ではなく、いつでも死んでいる覚悟が必要だという意味だ。常朝にとって「武士道といふは、死ぬ事と見付けたり」という覚悟は次のようなものだ。

毎朝毎夕、改めては死に〳〵、常住死身になりて居る時は、武道に自由を得、一生越度《おちど》なく、家職を仕果《しおお》すべきなり。

これはすなわち、一瞬の生を怠りなく生きよということで、「生の哲学」だと思える。

ところで『葉隠』の魅力は江戸時代初期の武士の生きざまを語るだけではなく、恋について述べているところだ。すなわち、「至極は忍ぶ恋」と断じている。主君に忠義を尽くし、死ぬべきだと言う武士の倫理書になぜ恋の話が入ってくるかと言えば、この場合の恋が衆道《しゅどう》、いわゆるボーイズラブだからかもしれない。「忍ぶ恋」とは、永遠の片想いである。だからこそ「長け高き」恋だと常朝は言う。なぜ、常朝が「忍ぶ恋」を強調したのかは、わからない。ただ究極の男性社会である武家社会において主君と家臣、あるいは同僚同士において濃密な関係が生まれたとき、「至極は忍ぶ恋」と考えることは、常朝が理想とした武士道に通じるものがあったのだ。いずれにしても同書から拙作『いのちなりけり』と『花や散るらん』（共に文春文庫）の着想を得た。わたしの母方の先祖は佐賀藩の軽格武士だったということでお許し願えるのではないかと思っている。

（「kotoba」二〇一八年冬号）

『韃靼疾風録』司馬遼太郎

司馬遼太郎は、なぜ小説を書くことをやめたのだろうか。そんなことを『韃靼疾《だったんしっ》風録《ぷうろく》』（中公文庫）を読みながら考える。

ひょっとしたら、と思うのは、小説は人間を描くものだが、この作品の主人公は風のように大陸を吹き抜ける歴史その物だということだ。

この小説を書いてしまえば、もはや、『街道をゆく』のように現実世界を旅して歴史を追うしかなくなるのかもしれない。

物語としては、韃靼の公主（姫）アビアが九州平戸島に漂着したことから、平戸藩（松浦家）の命を受けた藩士、桂庄助が朝鮮半島を経て「後金」（のち清朝）へと赴くことから始まる。

「後金」はすなわち女真族であり、庄助が大陸に渡ったとき、わずか人口五、六十万の女真族がまさに万里の長城を越えて漢民族の明を亡《ほろ》ぼし、清朝を立てようとしていた。

庄助は、日本人として、まさに「歴史の裂け目」を目撃するのだ。

わたしが司馬作品を読み始めたのは、高校生のころで『竜馬がゆく』が最初に出会った作品だった。

その後、『国盗り物語』や『新選組血風録』、『燃えよ剣』、『坂の上の雲』、『翔ぶが如く』などを刊行年次にしたがって読んでいるから、『韃靼疾風録』も刊行された八七年十月から十一月にかけて読んでいるはずだ。

この年、司馬は六十四歳。このエッセーを書いている、たったいまのわたしの年齢と同じだ。もっとも、読んだ当時のわたしは三十六歳で、もはや、高校生ではなく、社会人として十数年を過ごしていた。

それでも、初めて司馬作品を読んだ時と変わらない歴史のダイナミズムへのときめきを感じながら読んだ覚えがある。

風を感じていたと言ってもいいのかもしれない。

司馬作品にはいずれもひとを酔わせ、歴史の風がほほをなでる感覚があるからだ。

特にこの作品ではその傾向が強い。

なぜなら、この作品の中で吹いている風は、司馬の青春時代にも時代の嵐となって吹きつけていたからだ。

明を倒した清朝は中国史上、最大の帝国を作り上げた。だが、十九世紀に入って、西欧列強の侵略や太平天国の乱などで衰退する。

一九一一年、辛亥革命が起き、翌年一月、孫文を首班とする中華民国が成立して清朝は亡んだ。わが国の明治四十五年のことである。

そして昭和六年（一九三一）の満州事変により中国東北地方を占領したわが国は翌年、清朝最後の皇帝溥儀《ふぎ》（宣統帝）を執政として満州国を建国する。

昭和十八年、二十歳の司馬は学徒出陣し、翌年、中国に渡り、十二月には見習士官として旧牡丹江省寧安県石頭の戦車第一連隊に配属された。いわゆる満州である。

『韃靼疾風録』には、「あとがきにかえて」として「女真人来り去る」という文章がつけられている。この中で司馬は、

――やがて『韃靼疾風録』のなかの私は、平戸の人桂庄助の形影にしたがいつつ、韃靼の海をわたり、韃靼国へゆき、ついには帰ることになる。

と書いている。自らの軍隊での体験と時空を超えて重ね合わせたのではないか。

司馬は『「昭和」という国家』で昭和元年から敗戦まで、日本は「魔法の森」に入っていたのではないか、と言う。その「魔法の森」の謎を解こうとすることが創作活動の源泉だった。『韃靼疾風録』で司馬は、戦前、わが国が大陸進出に狂奔した歴史の源にあるものを見定めようとしたのだろう。

今年は司馬遼太郎没後二十年だという。

いまも司馬が感じた歴史の風は、吹き続けている。

（「毎日新聞西部本社版」二〇一六年一月七日）

『シャーロック・ホームズの冒険』コナン・ドイル

子供のころ、私立探偵になりたいと思っていた。なにしろ、当時のヒーロー、月光仮面の正体、祝十郎《いわいじゅうろう》の職業は私立探偵だった。悪と戦う正義の味方は私立探偵だと思っていたのだ。

中学生のころになると、そういうものではない、とわかり始めたが、この時期に読み始めたのが、シャーロック・ホームズだった。

ホームズから始まり、アガサ・クリスティのポアロやチェスタートンのブラウン神父、ヴァン・ダインのファイロ・ヴァンスなどの名探偵と出会っていった。だが、何といっても神のごとき明察で推理するホームズに勝る名探偵はいなかった。もっともホームズのシリーズも最初の長編『緋色《ひいろ》の研究』から評判になったわけではない。後に『シャーロック・ホームズの冒険』(新潮文庫)にまとめられることになる読み切り短編を雑誌に発表すると爆発的な人気を博したのだ。

25 『シャーロック・ホームズの冒険』コナン・ドイル

連載のスタートを飾った「ボヘミアの醜聞」は、ホームズがボヘミア王国をゆるがすスキャンダルの証拠となる写真をアイリーン・アドラーという女性からひそかに取り戻すことを国王から依頼されるという話だ。

ホームズは難なく写真のありかを突き止めるのだが、取り戻す直前、アイリーン・アドラーの機転によって失敗する。

しかもアイリーン・アドラーは男装してホームズに挨拶《あいさつ》して、そのまま姿を消すという、怪盗ルパンのような鮮やかさまで披露する。

連載の第一話がホームズの失敗譚《たん》であり、しかも、してやられる相手が女性だったということは、このシリーズの成功に大きく寄与しているのではないか。

ホームズは合理的精神の塊でおよそ恋愛感情などとは無縁だが、内面では意外に女性へのやさしさを持っていることが、作中でもうかがえる。天才ホームズの人間臭さを最初に示せたことが人気の源になったに違いない。

作者のコナン・ドイルは、捕鯨船の船医を務めた医者で一八八二年にイギリスのポーツマスで開業したが、さっぱり患者が来ない。そこで小説を書いて生活の資を得ようとペンをとったのだ。

ところでドイルは晩年、心霊学に凝ったことでも知られる。近代的理性の象徴のようなホームズの産みの親がなぜスピリチュアルな世界に魅かれたのか不思議だが、あるいは時代の影響があったのかもしれない。

ドイルが作家として功成り名を遂げたころ、第一次世界大戦が勃発した。イギリス政府は人気作家のドイルを戦地視察や従軍記執筆など戦意高揚のために利用した。大戦勃発から三年後、発表された「最後の挨拶」は文字通り、ホームズの最後の事件となる。この作品でホームズは戦時を反映してドイツのスパイと戦うのだ。ドイルは積極的に戦争に協力した。だが、戦争の悲劇からは逃れられなかった。大戦中、妻の弟マルコム・レッキーや妹の夫、二人の甥が相次いで戦死した。そして、ドイルの長男キングズリーも前線で病死した。さらに若い弟のイニスも戦地で病のため亡くなった。これらの相次ぐ肉親の死は、ドイルに衝撃を与えた。

ドイルの心霊学への関心は大戦の前からだったが、戦争の悲惨がドイルをスピリチュアルな世界に一層、進ませたのだ。

近代的な理性の敗北というよりは、戦争の不条理はホームズのような天才的な理性をも越える、と考えるべきなのだろうか。

ドイルは、次のように自らの考えを説明している。

――戦争で多くの人の死に遭い、悲嘆を味わううちに、我々の愛する人は死後もなお生き続けているはずだとの確信に達した。

大切なひとがどこかに生きていて欲しいと願うのは自然なことなのかもしれない。

（「毎日新聞西部本社版」二〇一六年二月四日）

『われに五月を』寺山修司

福岡市に〈親富孝通り〉と呼ばれる通りがある。昔はわかりやすく〈親不孝通り〉と呼ばれていた（注・二〇一七年二月に再び〈親不孝通り〉となる）。近くに予備校があり、大学受験に失敗した予備校生、すなわち、

——受験浪人

が通ることから〈親不孝通り〉と呼ばれたのだ。わたしもまた、若いころ、受験浪人のひとりでなすこともなく青春の日々を過ごしていた。

受験勉強をしなければならなかったのだが、さっぱりしなかった。それでも、予備校に形だけ通っていて、時間をもてあますとジャズ喫茶で日中を過ごした。

そんな中で読んでいたのが寺山修司だった。『書を捨てよ、町へ出よう』から読み始めたのだろうか。

逆説に満ちた刺激的な評論が好きで読みふけり、やがて寺山の短歌や俳句も読む

ようになった。十八歳のときだ。
同じ年頃に寺山は「チェホフ祭」と題して五十首の短歌を発表している。
・一粒の向日葵の種まきしのみに荒野をわれの処女地と呼びき
・チェホフ祭のビラのはられし林檎の木かすかに揺るる汽車すぐるたび
ところで、十九歳の寺山には最初の挫折が待っていた。「チェホフ祭」の短歌が自作の俳句の焼き直しや先行俳句の模倣だ、と短歌誌で非難された。この年、寺山はネフローゼで入院する。スキャンダラスで危ういところは、晩年にいたるまで変わらない。
寺山の短歌は虚構の上に成り立っているから、
——嘘だ
と言われれば身も蓋《ふた》もないところがある。しかし、どうも青春というのは、嘘だらけなので、ジャズ喫茶の片隅で行き暮れたようになっていたわたしにとっては肌合いがよかった。その後も寺山修司という生きた詩劇にただ感嘆するばかりだった。

二十一歳の寺山は第一作品集、『われに五月を』(思潮社から『われに五月を—寺山修司作品集』が出ている)を刊行した。「五月の詩・序詞」は、

きらめく季節に
たれがあの帆を歌ったか
つかのまの僕に
過ぎてゆく時よ

と始まり、最後は、次のように終わる。

いまこそ時　僕は僕の季節の入口で
はにかみながら鳥たちへ
手をあげてみる
二十才　僕は五月に誕生した

とめどなく感傷的なのは詩人の特権で、だれもがこのように生きるわけにはいか

ないのだけれど、とりあえず砂糖を入れぬまま、苦いコーヒーを飲みつつ、後ろめたい共感を覚えた。さて、二十二歳の寺山は第一歌集『空には本』を出す。同書に所収された作品の中に、人口に膾炙《かいしや》した、

・マッチ擦《す》るつかのま海に霧ふかし身捨つるほどの祖国はありや

がある。寺山は登場したときから、すでに完成していたのかもしれない。

寺山はわたしより十六歳年長だった。

四十七歳の若さで亡くなったのは、奇しくも昭和五十八年（一九八三）の五月四日である。

・目つむりていても吾《あ》を統《す》ぶ五月の鷹

最初の作品集にある俳句だ。すべては予感されていたというべきなのだろうか。

（「毎日新聞西部本社版」二〇一六年三月三日）

『どくとるマンボウ航海記』 北杜夫

——マダガスカル島にはアタオコロイノナという神さまみたいなものがいるが、これは原住民の言葉で「なんだか変てこりんなもの」というくらいの意味である。

『どくとるマンボウ航海記』(新潮文庫)はこの一文から始まる。作家、北杜夫が青年時代の一九五八年十一月半ばから翌年の四月末にかけて六百トンばかりの水産庁漁業調査船の船医としてシンガポール、マラッカ海峡、インド洋、アフリカ沖からヨーロッパへと旅した思い出を綴《つづ》った旅行記は一九六〇年の三月に出版され、ベストセラーになった。

戦後、まだ海外渡航がままならない時期、教養豊かでしかも東京、山の手育ちの鷹揚《おうよう》さを備えた青年の海外渡航記は、その後の海外旅行物の先駆けでもあった。わたしは高校生のころに読んだのだが、冒頭から魅了された。

奇妙な一節で何が始まるのか読者に予測させない、という意味では、夏目漱石の、

——吾輩は猫である。名前はまだない。

どこで生れたかとんと見当がつかぬ。何でも薄暗いじめじめした所でニャーニャー泣いていた事だけは記憶している。

に匹敵する。全編にちりばめられたユーモア、文明批評なども共通するのではないか。

さらに言えば、ふたりの作品の根底にはそれぞれ詩情（漱石の場合は俳諧趣味だが）がある。『どくとるマンボウ』の最初のあたりで、北は、ブレーズ・サンドラルスの詩を紹介している。

血だらけのけものの体を
夕方
海辺づたいにひいてゆくのは　このおれだ
おれが行くとき

波間から無数のタコが立ちあがる
夕日だ……

（なだ・いなだ訳）

わたしはこの部分を読んで詩が好きになった。さて、フランスに着いた北はパリで長年の友であるT夫妻と再会する。Tが旧制松本高校以来の友人の辻邦生であることは、北ファンにはよく知られている。

辻はフランスに留学しており、画家の藤田嗣治《つぐはる》の立派なアパートの近くの対照的に風化したアパートに住んでいた。この時、辻は、トーマス・マンの『ブッデンブローク家の人びと』の最初の部分を一節ずつカードに書き抜いて克明にマンの技法について説明した。

マンの影響を受けた北が、後に代表作『楡《にれ》家の人びと』を書くことを考えると、「どくとるマンボウ」は青春の旅行記に留まらず、文学の旅でもあった。

ところで北の父で歌人の斎藤茂吉と敬愛する詩人の高村光太郎は、戦時中には、当時の国民のひとりとして戦意高揚の短歌を詠み、詩を書いた。そのことにより、戦後、茂吉は責任を問う声にさらされ、光太郎は岩手県太田村（現・花巻市太田）の山小屋にこもった。

光太郎六十二歳。冬は氷点下二十度の厳寒で、吹雪の夜には寝ている顔に雪がかかるという厳しい生活だった。

北にとって父親の世代である詩人たちは戦争により、深い傷を負ったのだ。北にも思うところがあっただろう。

戦後、茂吉の子である北は戦争の翳《かげ》りを感じさせない旅に出る。『どくとるマンボウ』が出版された年は六〇年安保闘争という政治の季節であった。

そのことを北がどう考えたか。

政治の声高な主張は戦前、戦後を通じて北にとって受け入れ難いものではなかったか。

北の飄々《ひょうひょう》としてユーモラスなマンボウの旅には、時代への異議申し立てにも似た、詩人の魂が脈打っていたのかもしれない。

（「毎日新聞西部本社版」二〇一六年四月七日）

『人間失格』太宰治

高校生のころ太宰治を読んでいた。もっとも熱心な読者ではなく、太宰ファンの同級生がいて、「読め」としつこかったからだ。

太宰は弘前高校在学中と東京帝国大学に進んでからの二度にわたって女性との心中事件を起こしている。青森では未遂でおわったが、鎌倉では女性が死亡して自殺ほう助罪に問われている。そして昭和二十三年六月十三日に愛人の山崎富栄と玉川上水（三鷹）で入水心中し、三十八歳で亡くなる。

遺体が引き揚げられたのが、誕生日と同じ六月十九日であることや、未完の遺作となった作品のタイトルが「グッド・バイ」であることなど、いかにも曰《いわ》くありげだ。

類《たぐい》まれな才能に眩惑《げんわく》もされた。

太宰が亡くなる年に執筆し、実質的な遺書と言われたのが、『人間失格』（新潮文

庫）だ。太宰を思わせる幼少時代から、道化を装って生きようとしていた大庭葉蔵という人物の手記が主な内容だ。手記は、

――恥の多い生涯を送って来ました。

で始まる。次々と女性と関わり、自殺未遂事件を繰り返し、薬物中毒になり、最後は親戚、友人によって病院に入れられ、

――人間、失格。

もはや、自分は、完全に、人間で無くなりました。

と述懐する。無残な話ではあるのだけれど、この地獄の核心にあるのは、「恥辱」の感覚だろう。読者は青春時代に特有な人生の羞恥を太宰の物語に重ね合わせて共感する。しかし、太宰の「恥辱」とは何だったのか。

太宰は高校から大学にかけて左翼活動に関わっている。党員ではなく、いわゆるシンパとしてアジト（隠れ家）や資金の提供を行ってい

た。このため心中事件を起こしたことと相まって分家除籍される。そして太宰は後に青森署に出頭して活動から脱落する。

『人間失格』では、鎌倉の海に飛び込んでの心中事件を起こす経緯として、

——もともと、非合法の興味だけから、そのグルウプの手伝いをしていたのですし、(中略)逃げました。逃げて、さすがに、いい気持はせず、死ぬ事にしました。

と書いている。その通りであったかどうかはよくわからない。ただ、この小説は手記の前に「はしがき」があり、ある男が大庭葉蔵の三枚の写真を見ているところから始まる。

男は葉蔵の十歳ぐらいの時の写真を見て、「どこかけがらわしく、へんにひとをムカムカさせる表情の写真であった。私はこれまで、こんな不思議な表情の子供を見た事が、いちども無かった」と激しい嫌悪感を示す。

写真を見ている人物が太宰自身であることは容易にわかる。成人してからならともかく、幼少時代の自分の写真への嫌悪は特異なものがある。太宰が自分の写真を

見ているのは、心中事件を起こしながらも生きのびて有名作家になってからだ。自らが起こした事件の「恥辱」を幼い自分にまで投影させているのではないか。さらに、大庭葉蔵なる人物は幼いころから、何か特殊な運命を背負っていたのだ、と読者が思うように仕向けているのかもしれない。

G・K・チェスタートンの推理小説、ブラウン神父シリーズに「折れた剣」という短編がある。ある将軍が無謀な戦をして敗北する。それは、ある秘密を知られたために殺してしまった部下の死体を多くの戦死者の遺体の山に隠すためだった、という話だ。

左翼活動からの脱落や心中事件で女性を死なせたことは太宰にとって生涯、ぬぐえない「恥辱」だった。だが、正面から向き合うことは避けた。少年時代からの話をつけくわえることで青春の「恥」をまわりに塗りこめ、いまなおひとを惹《ひ》きつける文学に昇華させたのではないか。

そんな妄想を抱いてしまうのは、今も太宰の小説世界に引き込まれているからだろう。

（「毎日新聞西部本社版」二〇一六年五月五日）

『スローターハウス5』カート・ヴォネガット・ジュニア

熊本地震が起きた時、わたしは福岡県久留米市の仕事場で原稿を書いていた。震源地から遠く離れていながらもひどく揺れた。

地震から二週間たってから仕事で熊本県益城町を訪れ、町を歩き、避難所にも行った。

被災の様子に胸が痛み、明るい希望を見出《みいだ》さねばと自分を叱咤《しった》したが、容易ではなかった。

そんな沈みこむ気持の中で、なぜかカート・ヴォネガット・ジュニアの『スローターハウス5《ファイブ》』(伊藤典夫訳　ハヤカワ文庫)を思い出した。

ヴォネガットの小説をいつごろ読んだのか記憶にない。学生時代なのだろうとは思うが、生活の思い出と結びついていない。たぶん、精神的な殻に閉じこもるようにしてヴォネガットだけを読んでいた時期があったのではないか。

SF作家であり、現代アメリカ文学を代表する作家のひとりでもあるヴォネガットは一九二二年、アメリカのインディアナ州で生まれたドイツ系移民の四世だ。大学で生化学を学ぶなどしたが第二次世界大戦の勃発で召集され兵役についた。この作品は冒頭で、

ここにあることは、まあ、大体そのとおり起った。とにかく戦争の部分はかなりのところまで事実である。

と書かれている。斥候《せっこう》兵だったヴォネガットは戦時中にドイツ軍に捕えられ、一九四五年二月十三日に連合軍が行ったドイツの都市、ドレスデンに対する無差別爆撃を被害者の側から体験した。

「スローターハウス5」とは「第5食肉処理場」を意味し、ドレスデンの爆撃の間、主人公ビリー・ピルグリムが捕虜として収容された場所のことだ。

SF小説としての設定で、ビリーは時間旅行者でもある。時間の中を行き来し、人生のさまざまな場面を繰り返し追体験する。地球外生物のトラルファマドール星人に誘拐されて動物園で展示されるなど、荒唐無稽《むけい》な経験

が語られる。

しかし、ビリーが語る話の根底にあるのは、ドレスデンでの無差別爆撃だ。連合軍のイギリス、アメリカ空軍の千三百機の重爆撃機が参加し、合計三千九百トンの爆弾が投下された。爆撃によりドレスデンの街が破壊され、十三万五千人とも言われる一般市民が死亡した。

この時期、すでに戦争の勝敗は決しており、ドレスデン空爆についてはイギリス国内からも非難の声があがったという。捕虜のアメリカ兵だったヴォネガットは空爆の二日後、廃墟《はいきょ》でドイツ兵の監視のもと死体の発掘を行ったという。

この小説で時空を超えて未来と過去を行き来するビリーは結局ドレスデンに戻る。というよりは、いわばドレスデンの悲惨に、くくりつけられて逃れられないのだ。

小説では同じフレーズが繰り返し使われる。避けられない運命を受け入れるかのように「そういうものだ」(So it goes) とつぶやく。

空爆で追い詰められ、精神は宇宙のはてをさまようが、肉体はなおもドレスデンに居続けているということなのかもしれない。

震災は戦争の悲惨を思わせるところがある。熊本地震の被災地を歩きながら、ヴォネガットの作品のことを思い出したのは、そのためなのだろう。

目の前の苦しみから目をそらしたくなるが、そうはいかない。
人は常に歴史の悲惨にくくりつけられて生きていくのではないか。
ビリーの物語は焼け野原となったドレスデンで小鳥がさえずって終わる。

――プーティーウィッ？

（「毎日新聞西部本社版」二〇一六年六月二日）

『三屋清左衛門残日録』藤沢周平

友人たちが相次いで定年を迎えている。

わたしはいま、京都の仕事場に月の半分ぐらいはいるのだが、定年を迎えた友人ふたりが京都旅行をするので、同じ旅館に泊まって案内することになった。

ふたりとも会社は違うが新聞記者で昔はよく飲み歩いた。そんなつきあいだから京都を案内したのだが、ふと、これは藤沢周平の『三屋《みつや》清左衛門《せいざえもん》残日録《ざんじつろく》』（文春文庫）の世界だな、と思った。

清左衛門は家禄百二十石の小納戸《こなんど》役から出発して三百二十石の用人《ようにん》にまで昇進した。重役にまでは進まなかったが、社長のお気に入りの秘書室長として勤めあげたというところだろうか。息子に家督を譲っての隠居の日を迎えたところから物語は始まる。

清左衛門は好きな釣りを楽しむ悠々自適の暮らしを想像していたのだが、実際に隠居してみると心境は違っていた。

——隠居した清左衛門を襲って来たのは、そういう開放感とはまさに逆の、世間から隔絶されてしまったような自閉的な感情だったのである。

定年退職後にどんな世界が見えるのかを清左衛門は教えてくれる。それは先《ま》ず、過去との向かい合いである。清左衛門はかつてのライバルでありながら、出世競争から脱落し、落ちぶれた金井奥之助と出会う。

奥之助は釣り場で、清左衛門を突き落とそうとして、自分が海に落ち、清左衛門に助けられる。奥之助はみじめさに打ちひしがれて吐き捨てるように言う。

「許してくれとは言わぬ。助けてもらった礼も言いたくない。それでも、むかしの友人という気持が一片でも残っていたら、このまわしを見捨てて帰ってくれ。もう二度と、貴公には会わぬ」

ライバルの転落は清左衛門に優越感よりも寂寥《せきりよう》の思いを抱かせる。清左衛門が目にしたのは、夢を抱いた青春の亡骸《なきがら》である。

だが、清左衛門が出会うのは過去だけではなかった。たったいま、藩内で起きている争いや陰謀が見え隠れして、元用人である清左衛門は隠居の身ながらも友人でまだ現役の町奉行である佐伯熊太とともに関わらざるを得なくなる。それは、「まだまだ現役」「若い者には負けぬ」ということなのだろうか。

そうではない。仕事に追われているときには、気づかなかった人生の細部の美しさに目がいくようになっていた。

生きることの意味が粒立つように目の前に現われてくるのだ。

人生の洗い直しであり、あるいは生き直しかもしれない。その思いもしなかった体験が老年の寂しさを背景に、しかし、まごうかたない精気を清左衛門に与える。

物語は中風で倒れた友人、大塚平八を清左衛門が気遣うところで終わる。気力を失い、寝ついて、そのまま人生を終わるのではないかと思われた平八が、歩く練習をしているところを清左衛門は目撃する。

――清左衛門の眼の奥に、明るい早春の光の下で虫のようなしかし辛抱強い動きを繰り返していた、大塚平八の姿が映ってはなれなかった。

あきらめてはならない。今日の日記には、平八のことを書こうと明るい気持で清左衛門は思うのだ。ところで、京都を訪れた、わが旧友の「清左衛門」ふたりはどうなのだろうか。定年になったとはいえ、かつての新聞記者としての経験を生かして事件を追ったりするのだろうか。

京都観光に疲れ、夜には京都の旅館の一室で呑気《のんき》にいびきをかいて寝ているふたりを見て、いや、そんなことはありそうにもないな、と思いつつ、わたしも目を閉じた。

（「毎日新聞西部本社版」二〇一六年七月七日）

『西行花伝』辻邦生

辻邦生の作品で最初に読んだのは『安土往還記』だったと思う。戦国大名でありながら近世を切り開いた閃光《せんこう》のような織田信長の孤独と魅力が、ガラス細工のような繊細な感覚で描かれた世界に感銘を受けた。

わたしの好みがそう思わせるのかもしれないが、美意識と歴史観によって世界を見る小説だという印象を受けた。

『背教者ユリアヌス』や『春の戴冠』などの大作で描かれているのも美と歴史、そして生きる意味だ。そんな芳醇《ほうじゅん》な辻ワールドを日本の歴史物語の中でもっとも堪能できるのが、『西行花伝』だ。

「序の帖」を皮切りに全体で二十二帖に及ぶ小説は各帖ごとに語り手が違う。地方官僚であり、老尼であり、法師がそれぞれの目で見た西行について語っていく。もし、作者の分身を語り手の中に見出すとすれば、冒頭の式部少輔《しきぶのしょう》、藤原秋実《あきざね》だろう。

西行を師と呼ぶ秋実にとって西行を語ることは自分自身と自分が生きた時代、そして何より世界の真実を知ろうとすることにほかならない。

西行は謎のひとだ。北面の武士としてエリートであったのに、平家や源氏が勃興し、武家の世が開かれようとするとき、あえて世間を捨て、歌一筋の道に入った。なぜ、という言葉は常につきまとい、西行が生きていた時代からひとびとは答えを得ようとしたのだ。

ところで西行は恋の歌が多い。では、恋の相手はというときに誰もが思い浮かべてしまうのが、

――待賢門院璋子
であろう。白河法皇から溺愛され、鳥羽天皇の中宮として皇子（後の崇徳天皇）を生《な》しながら、道ならぬ子であろうとの猜疑《さいぎ》に包まれ、保元、平治の乱の遠因ともなったとされる待賢門院はこの時代きっての魔性の女人だ。

花を愛《め》で月に心震わせる西行と待賢門院の間に恋があったとすれば、と考えるだけでひとは眩惑《げんわく》されるのではないだろうか。著者は待賢門院と西行（この時は得度する前の佐藤義清）を夜の御殿で会わせる。待賢門院は義清に身をゆだね、

――義清。私たちは、この世では、男と女という別々の人間に生れているけれど、本当は恋によって一つになっていたのかもしれませんね。(中略) いつか、私がこの世を離れ、ひとりぼっちで暗い虚空《こくう》をさ迷うとき、異界の風に吹かれながら、義清の魂に抱かれ、強くやさしい義清と一つになっていると信じましょう。

と囁《ささや》く。これは恋に違いあるまい。このとき、西行の胸に歌が生まれる。

弓張の月に外れて見し影のやさしかりしはいつか忘れん

弓張の月という心の緊張とともに、影の情の深さは深く胸にとどまっているのだ。ところで西行にとって歌とは何か。西行は鳥羽院に次のように言う。

――歌詠みはこの世の花が虚妄に咲き、この世の月が虚妄に輝くことを知りぬかなければなりません。すべては虚空の中に、はかなく漂うにすぎないのでございます。それを思い窮め、虚空を生き切るのでございます。

この厳しい生き方の果てに、
——真如の花であり、真如の月
が見えてくるという。この物語は次の和歌で閉じられる。

仏には桜の花をたてまつれわが後の世を人とぶらはば

われわれは西行が見た花を見ることができるだろうか。

（「毎日新聞西部本社版」二〇一六年八月四日）

『小説　日本婦道記』山本周五郎

時代小説を書き始めたころ、女性を主人公にした作品を書くことになるとは思わなかった。デビュー作の『乾山晩愁《けんざんばんしゅう》』は短編集だが、尾形光琳の弟、乾山をはじめ、狩野永徳、長谷川等伯、英一蝶と男の絵師の話が多かったが、ただひとり清原雪信という女性絵師の話を「雪信花匂《ゆきのぶはなにおい》」と題して書いた。

男の絵師ばかりでは、はなやぎに欠けるので彩を添えたいという気持があった。だが、女性を描くのは苦手だったから、恐る恐る書いた記憶がある。しかし、その後、女性主人公の作品が増えてきたのは、明らかに山本周五郎の『小説　日本婦道記』を読んでからだ。

わたしは山本周五郎のよい読者ではなくて、若い時期に『樅《もみ》ノ木は残った』や『ながい坂』は読んでいたが、どちらかと言えば、司馬遼太郎作品のほうに夢中だった。ところが、小説家としてデビューしてから、『小説　日本婦道記』を読んで感銘を受けた。

たとえば冒頭の「松の花」は紀州徳川家で千石の身分の重臣の話だ。妻が亡くなった後、重臣は亡き妻がいかに一家を支え、奉公人たちを心服させてきたかを知る。しかも、それは、夫のために陰で努めるということではなく、自らのなすべきことを自らが決めてなしているだけで、その努力を夫に知ってもらおうなどと思ってはいない、という、いわば日常的な壮烈な覚悟のうえで行われていた。

夫である重臣は妻の初七日のあとの形見わけのとき、「妻が死ぬまで、自分はまるでちがう妻をしか知らなかったのだ」と後悔する。亡くなった妻は夫にどう思われるかを自らの存在価値としていなかった。夫に依存していなかった。それが「自立する」ということではないのか。

江戸時代の女性と言えば、過去には親に従い、夫に従い、子に従うといういわゆる、

——三従《さんじゅう》
の教えを守った忍従の生涯こそが美徳であったとされていた。しかし、どうも違うのではないか。時代がどうあれ、あるいはどのような環境でもひとは、自らの価値観を確立していれば、自立した生き方を選び取ることができるのではないか。

「箭竹《やだけ》」の主人公、みよは、夫の茅野百記《かやのももき》が同僚と争って切腹するという悲運に見舞われ、矢を作る仕事で生活し、わが子とともに、辛苦を重ねるが、やがて息子を仕官させ、立派に家を再興する。封建時代の美徳のようだが、少し違う。みよは仕官がかなった息子に「今までよりもっと心をひきしめ、ひとの十倍もお役にたつ覚悟でなければなりません……あなたは茅野百記の子です。ひとさまとはかくべつなのですからね」と諭す。みよは、夫を不祥事で失い、武家から転落しながらも、自らを見失わなかった。それが矜持《きょうじ》というものではないかと思う。

これらの物語の女性たちは最初から悟っているわけではない。思い惑い、苦しみ、煩悶《はんもん》したなかで、自らの道にたどりつくのだ。

『小説 日本婦道記』は昭和十七年（一九四二）六月から昭和二十一年一月まで雑誌に掲載された。昭和十六年十二月八日の真珠湾攻撃に始まった太平洋戦争はミッドウェー海戦の敗北、ガダルカナル島撤退、アッツ島玉砕、そして敗戦へと続く。本作は、いわゆる「銃後の守り」の女性たちの姿として描かれたと見るべきかもしれないが、いまなお読み継がれるのは理由がある。女性に限らず、ひとは皆、時代の波に翻弄《ほんろう》され、大きな困難に遭遇して生きていくのだ。

その中で勝ち抜くことは難しい。いや、ほとんどのひとが敗れるのではないか。

それでも、その敗北の中でも貫いた生き方だけは、自分のものなのだ。それは、たとえ、どれほど大きな力であったとしても自分から奪い取ることはできない。そんな生き方を求めて苦闘していく女性たちの姿が描かれているから、この作品は感動的なのだ。そう思ったときから、わたしも女性を主人公にした小説を書き始めた。

（「毎日新聞西部本社版」二〇一六年九月一日）

『豆腐屋の四季　ある青春の記録』松下竜一

懐かしいということで本を選んでいいのなら、松下竜一さんの『豆腐屋の四季　ある青春の記録』ということになる。

わたしは単行本で持っているのだが、現在では講談社文芸文庫で読むことができる。本作は次のような言葉で始まる。

ふと一冊の本を想った。最初に題名が浮かんだ。「豆腐屋の四季」。小さな平凡な豆腐屋の、過ぎゆく一年の日々を文と歌で綴ってみようというのだ。

松下さんは大分県中津市で家業の豆腐屋を継ぐかたわら作歌を始めて、一九六八年に本作を自費出版、翌年には講談社から刊行された。

病気と経済的事情のため大学進学をあきらめ、つつましやかに生きる市井《しせい》の一青年の思いをつづった本が社会の反響を呼び、受け入れられていったのは、ひとつの奇跡ではなかったかと思う。

　そのとき、社会は松下さんに世の中の片隅で実直に愛情深く生きる模範的な好青年の像を期待したのかもしれない。しかし、本作に収められた松下さんの短歌は、その根底に何事かへの怒りを内包している。

泥のごとできそこないし豆腐投げ怒れる夜のまだ明けざらん

父切りし豆腐はいびつにゆがみいて父の籠もれる怒りを知りし

　考えてみれば当たり前のことだ。仕事に勤《いそ》しむ者は何がしかの憤りを胸に抱いている。それを爆発させるか抑えるかが、人生の岐路だという危ういところを生きているのではないか。平凡な人生などない。誰もが波乱万丈で喜びもあれば、悲しみも憤りもある人生を生きているのだ。

　若き日の松下さんにとって、模範青年の役割をふられることは、時に腹立たしいことでもあっただろう。本作が自費出版された六八年は学生運動たけなわで、若者の怒りが世の中を騒がせていた。六八年一月のアメリカの原子力空母エンタープライズの佐世保寄港に対して現地に行こうとする大学生の弟に対して松下さんは、

悩みぬきヘルメット持たず佐世保へと発つと短く末弟は伝え来《く》

と歌った。松下さん自身、豊前火力発電所建設反対の市民運動に取り組んだ。下筌《しもうけ》ダムに反対する室原知幸の戦いの人生を描いた渾身のノンフィクション『砦に拠《よ》る』、無政府主義者大杉栄と伊藤野枝の娘、伊藤ルイ氏に取材した『ルイズ――父に貰いし名は』、あるいは根底的な文明批判でもあった『暗闇の思想を』などの圧倒的な作品群の刊行は松下さん自身の闘いを抜きにはありえなかったはずだ。だが、それでも一読者としてのわたしは『豆腐屋の四季』に立ち戻りたい、せつないほどの思いを抱く。たとえば、

瀬に降りん白鷺《しらさぎ》の群舞いており豆腐配りて帰る夜明けを

という短歌の美しさを保守的に過ぎると思われるだろうか。言葉には大きな力が

ある。詩歌として洗練され、研ぎ澄まされた言葉はたとえ、ささやかでも風なのだ。風はたゆむことなく世の中を変えていく。だから、ひとりの若者が言葉によって何事かをなそうとした勇気を大事にしたいのだ。

わたしは凜々としてきた。なんだか、ほんとうにそんな本を発行できそうな気がしてきた。（『豆腐屋の四季』）

（「毎日新聞西部本社版」二〇一六年十月六日）

『吉野葛』谷崎潤一郎

谷崎潤一郎は、

——大谷崎《おおたにざき》

と呼ばれるほどの文豪だけに名作が多い。ただ、ひとによっては「苦手だな」と思わせるあくの強さがあるのではないか。わたしも『細雪《ささめゆき》』は大好きなのだが、『刺青《しせい》』『痴人の愛』から『鍵《かぎ》』『瘋癲《ふうてん》老人日記』と続く人間の情痴《じょうち》にからむ系譜の作品はついていくのに苦労するというか、辟易《へきえき》してしまう。

これは、わたしの鑑賞力がいたらないためと耽美《たんび》ということがよくわからないからなのだろう。美に耽溺《たんでき》したくはない、と思っているからでもある。

だが、一方で『吉野葛《よしのくず》』（新潮文庫）を好んでいる。同作は、谷崎が古典の方向を目指した「第二の出発点」であると作家、佐藤春夫が指摘している。谷崎が関東大震災後、東京を離れ、関西に移住して古典文化にふれるようになったことはよく知られている。

『吉野葛』は昭和六年、「中央公論」の一月号と二月号に発表された。

この作品は、語り手の私が描こうと考えている歴史小説の取材のために吉野を目指す導入部が、同行した津村が母の面影を慕い求めて吉野の奥に分け入る話になる。津村が母の生家をさがしあて、遠縁にあたる女性との恋にいたるのだが、これにさまざまな古典の題材がからんでくる。紀行文としてスタートしたように見せながら、しだいに物語世界に入っていく手法は谷崎独特のもので、あたかも夢幻能《むげんのう》を見るかのようだ。

秋の吉野をたどりながら、吉野山から千本桜、静御前《しずかごぜん》、二人静《ふたりしずか》、初音《はつね》の鼓《つづみ》と能や歌舞伎の世界に次第に巻き込まれ、やがて時空をへだてた異次元の世界へ近づいていく。

空間の移動がすなわち時間の移動でもあるのだ。そう思って眺《なが》めるとき、四季の移ろいを前提としている日本の風景のなんと美しいことか。それは、どこか現実逃避であるとともに、自らの源流を心の内《うち》に感じとろうとする営為《えいい》のようでもある。

この作品が発表された年の九月には中華民国奉天《ほうてん》郊外の柳条湖《りゅうじょうこ》で関東軍が南満州鉄道の線路を爆破した柳条湖事件が起きる。この事件に端を発して関東軍は武力紛争を起こし、わずか五ヶ月で満州全土を占領する。

そんなキナ臭い時代の幕開けに『吉野葛』は書かれ、谷崎は何かを予感するかのように古典に向かったのかもしれない。本作に続いて『蘆刈《あしかり》』など古典を素材とした名作が書かれていくのだ。それはどのような世界かと言えば谷崎が、昭和八年から九年にかけて「経済往来」に書いた『陰翳礼讃《いんえいらいさん》』で示したような、陰翳に縁どられた国だ。

谷崎は漆器の美しさは闇が堆積《たいせき》しているところにある、と指摘する。さらに墨絵で描けば障子《しょうじ》は墨色の最も淡い部分であり、床の間は最も濃い部分である、という。

陰翳とは何か。心のひだの部分であり、あるいはすべてを敵と味方、力の強弱に二分する、くっきりと真昼の日差しに照らされた西欧化と戦争の時代にそぐわない、何かだ。

――今更《いまさら》、何と云《い》ったところで、すでに日本が西洋文化の線に沿うて歩み出した以上、老人などは置き去りにして勇往邁進《ゆうおうまいしん》するより外《ほか》に仕方がないが、（中略）私は、われわれがすでに失いつつある陰翳の世界を、せめて文学の領域へでも呼び返してみたい。

（『陰翳礼讃』）

と谷崎は述べる。そして日本建築にたとえて、

――一軒ぐらいそういう家があってもよかろう。まあどういう工合《ぐあい》になるか、試《ため》しに電燈を消してみることだ。

と結ぶ。試しに電燈を消すとはなかなか示唆に富んではいないか。

（「毎日新聞西部本社版」二〇一六年十一月三日）

『テロルの決算』沢木耕太郎

沢木耕太郎の『テロルの決算』（文春文庫）を読んだのはいつのことだったか。地方紙の記者になりたてのころだったのは間違いないだろう。

安保闘争で揺れた昭和三十五年（一九六〇）十月十二日、東京・日比谷公会堂で十七歳の山口二矢《おとや》により演説中の社会党委員長浅沼稲次郎がマスコミをはじめ聴衆ら衆人環視の中、刺殺された。壇上で刺され、眼鏡がずり落ちようとする浅沼稲次郎と、さらに二撃を加えようと山口二矢が胸の前で短刀を構えた瞬間を撮った毎日新聞のカメラマンの写真はピュリッツァー賞をとった。衝撃的な昭和史の写真、映像として目にしたひとも多いだろう。

この事件にいたる「人間機関車」と呼ばれた老政治家と右翼の少年の人生の軌跡を描いたノンフィクション作品は七八年に刊行され、翌年、大宅壮一ノンフィクション賞を受けた。

ニュージャーナリズムの旗手として騒がれた著者は若い記者の憧れだった。

本作では、序章でひとつの秘話を紹介している。

山口は浅沼を刺した後、もう一突きしようとして身構えたとき、警官たちに飛びかかられ、羽交い絞めにされる。

この際、ひとりの刑事が山口の構えた短刀を素手でつかんだ。山口は浅沼を刺した後、自決するつもりでいたが、短刀を力ずくで引けば刑事の手は切られてバラバラになる。そのため山口はそっと短刀を放したというのだ。

山口は逮捕された後、十一月二日に東京少年鑑別所の壁に「七生報国《しちしょうほうこく》」と書き、シーツを裂いて縄替わりにして自殺した。

最初から自決を覚悟していたのは間違いないだろう。しかし、刑事の手を気《き》遣《づか》って短刀を手放すだけの余裕があったのか。あるいは、それほど思いやり深い人格だったのか。

そのことはわからない。しかし、知りたいと思う気持ちが著者によって提示される。それは政治的テロルという事件を人間の問題に昇華していこうという著者の狙いがあったのだろう。山口がテロルを決意した動機は、右翼少年としてことさらに変わったものではない。だが、十七歳の少年がひとを殺すという衝動に駆られていく孤独と闇は知りたいという欲求をうながす。

沢木は文庫版の「あとがき」で、

いま思えば、私に『テロルの決算』を書かせた最大の動因は、私自身の、夭折《ようせつ》者への「執着」に近いまでの関心にあったような気がする。

と書いている。沢木はその後に書いたもうひとつの「あとがき」では、一九七三年の世界タイトルマッチで勝ちながら三週間後に交通事故死したプロボクサー、大場政夫のことにふれている。山口と大場は切れ長の目をした細面であることが似ているというのだ。もちろん容貌の問題ではあるまい。

本作で著者が描き出したのは、政治に死の匂《にお》いがまとわりついていた時代のことであろうし、あるいは一九七〇年十一月二十五日、『豊饒の海』第四巻「天人五衰《てんにんごすい》」を書き上げた後、自衛隊市ヶ谷駐屯地で自決した三島由紀夫の影を背負っているのかもしれない。

三島が『肉体の悪魔』『ドルジェル伯の舞踏会』の作者であり、二十歳で夭折したレイモン・ラディゲに憧れていたことはよく知られている。著者の山口の夭折を見る視野の中に三島もいたのではないか。

著者は最後に、山口の短刀をつかんだ刑事の傷を見たと思われる医者の証言を伝えている。

「そうなんです。顔も名も覚えていませんが、その疵《きず》だけははっきり覚えています。それは掌に一本の細い線のような痕《あと》が残っているだけの疵でした……」

――一本の細い線

それは命の哀《かな》しい傷痕《きずあと》であったかもしれない。

（「毎日新聞西部本社版」二〇一六年十二月八日）

『ひねくれ一茶』田辺聖子

わたしは全集をあまり持たないのだが、『田辺聖子全集』（集英社）だけは全巻、書棚に並んでいる。ある編集者に「田辺さんの古典物が好きだ」と話したところ、ある日、全巻が届けられた。太っ腹な編集者のおかげで田辺ワールドを堪能させていただいている。

元来、平安朝の源氏物語などわが国の古典は近畿を中心に描かれている。だから、古典にまつわる作品は上方の女性作家の筆でつやめきを込めて描かれたもので読む方が楽しいと思う。

田辺作品はそんなつもりで読むのだが、好きな作品をあげていくと、『新源氏物語』のような極め付きの古典から、『千すじの黒髪　わが愛の與謝野晶子』、『花衣ぬぐやまつわる……　わが愛の杉田久女』などの近代女性歌人、俳人の評伝などがあるが、さらにその中で選ぶとなると、『ひねくれ一茶』（講談社文庫）が好きだ。

一茶は信州ではないか、ということはさておき、なにより田辺さんが一茶を好きだったことが創作のモチベーションを高め、

――一茶は私だ。

という思いにまでいたっているのがこの作品の特徴ではあるまいか。たとえば、

われと来て遊べや親のない雀《すずめ》

雀の子そこのけそこのけお馬が通る

痩《や》せ蛙《がえる》負けるな一茶これにあり

などの日常の言葉で子供にもわかりやすく、おおらかな慈愛のこもる一茶の句は誰にも愛されるが、一方で平俗であり、深遠な芸術性からは遠いと思われがちだ。

しかし、だからこそ、

――芸術って何やねん。

という、「感傷旅行《センチメンタル・ジャーニィ》」で芥川賞を受賞しつつ、男女の恋愛の機微にふれる数多くのエンターテインメント作品を著《あらわ》した田辺さんの声が聞こえそうな気がする。小説に純文学かエンタメかという分類は必要ではないのだ。心に響くものだけが小説

ではないか。一茶が書き残した『生ひ立ちの記』、『父の終焉日記《しゆうえん》』などを読めば、父の遺産をめぐって継母や異母弟と激しく争い、我執《がしゆう》をむき出しにした一茶がいる。

田辺さんは、そんな一茶を、

――双面を持つ神のような一茶

と表現する。どちらかの顔が嘘《うそ》なのか。そうではない。どちらも真の顔なのだというところに人間の真実があるのだ。

一茶は息をするように俳句をつくる。

名句、秀句もあるが、凡句、駄句もとめどがつきない。しかし、あふれるように句が出てくるということが生きているということなのだ。肉親との相克を経ながら、憎悪と貪婪《どんらん》な欲望の森をくぐりぬけるようにして一茶は生きる。六十四歳にして、おやおという三十二歳の女房を持ち、子を生《な》し、火事の災厄《さいやく》に遭《あ》った。いのちの限りまで一茶は這《は》いずり進もうとする。

本作の最後は死の間際の一茶を描く。

――一茶のあたまを抱いて、おやおは自分の胸もとへ押しつける。おやおは涙がふきあがってくる。

「ちゃっちゃ、しっかり、しとくらえ」

（お前《め》はおっ母みてだ、おらのおっ母だ）

一茶は呻《うめ》く。おやおの涙が一茶の顔にかかり、一茶は雪氷だと思ったのだろうか、唇をうごかしたが、それはもしかしたら、

「はつゆきや……」

とでも、いいたいのかもしれなかった。


（『ひねくれ一茶』）

あらためて言うまでもないことだが、一茶は酷烈《こくれつ》な人生を人肌のぬくもりとかぐわしさに塗《まみ》れるようにして生きた。そして、俳句とは、
――生命の一滴
ではなかろうか。

（「毎日新聞西部本社版」二〇一七年一月五日）

『山月記・名人伝ほか』中島敦

中島敦の名作といえば、やはり「李陵」「山月記」ということになるのだろう。漢文の素養を駆使して描かれる硬質でロマン性豊かな物語は読者を魅了する。登場する人間たちは古代中国の世界に生きていても、近代人の自意識が描かれ、しかも違和感がない。人は歴史のはるかかなたに存在しようと、あるいは現代を生きても、苦悩においてさほど変わらないということかもしれない。

評論家の臼井吉見は、ちくま文庫『山月記・名人伝ほか』の解説で「この二輪の花みたいな『李陵』と『山月記』を書き残しただけでも、中島敦は、真に文学を愛する少数のひとの心のなかに生きつづけるにちがいない」としている。

たしかに、描写や表現をできるだけ削り、歴史の実相の中にしかも近代を見ようとする作風は森鷗外の歴史小説を彷彿《ほうふつ》させて素晴らしい。

そうには違いないのだが、だが、ややもすると、傲岸なあまり虎になった詩人や匈奴に捕らわれて降伏した武将の話は自己を見つめる苦渋に満ちて重苦しい。「山月記」は日米開戦後の昭和十七年に発表された。さらに翌年に「李陵」を執筆した。この年、十二月四日に中島は喘息《ぜんそく》のために亡くなった。時代の奔流の中で中島は懸命に書き続け、病に倒れたのだ。

わたしにとって中島作品のうち、好きなものを挙げろと言われれば、「弟子」だということになる。

孔子の弟子のうち、魯《ろ》の遊侠《ゆうきょう》の徒、仲由《ちゅうゆう》、字《あざな》は子路《しろ》の話だ。

暴れ者で直情径行の子路は、孔子の弟子となってからも教えを無批判に受け入れるのではない。

疑問は疑問とし、納得いかねば食い下がる。たとえまわりから嘲笑されても怯《ひる》むところがない。

誰よりも孔子を愛する子路の存在は、読者の心をなごませずにはおかない。

理想をかかげ、あくまで苦難の道を行く孔子の姿は感動的だが、それに寄り添い、時に大きな子供のように「なぜなのですか」と問い続け、しかも生き方においては、真摯《しんし》、清冽《せいれつ》そのものの子路の存在は根底において孔子を支えている。「山月記」や「李陵」のような自らへの疑いを子路は持たない。孔子が説く仁愛はつまるところ、自らを信じる道なのだ。

中島が生きた時代は戦争の暗雲に覆われていた。そんな世界を歩み続ける作家にとっての夢は、あるいは孔子よりも子路と出会うことではなかったか。

ひとは孔子にはなれずとも、覚悟さえあれば子路にはなれるのだから。

子路は孔子との放浪の旅の後、衛に仕えて大夫孔悝《こうかい》の荘園管理人となった。だが、衛の国に君位の争いが起こると、反乱の鎮定におもむいてかえって殺された。

「弟子」では、子路の最期を、

――倒れながら、子路は手を伸ばして冠を拾い、正しく頭に着けて素速く纓《えい》を結んだ。敵の刃の下で、真っ赤に血を浴びた子路が、最期の力を絞って絶叫する。

「見よ！　君子は、冠を、正しゅうして、死ぬものだぞ！」

全身膾《なます》のごとくに切り刻まれて、子路は死んだ。

と描いている。衛の政変を知ったとき、孔子は、もうひとりの衛に赴いている弟子の名もあげて、

――柴《さい》（子羔《しよう》）や、それ帰らん。由《ゆう》や死なん

と言ったという。

はたして子路の死が伝わると孔子はさめざめと泣いた。

（「毎日新聞西部本社版」二〇一七年二月二日）

『にごりえ・たけくらべ』樋口一葉

樋口一葉は、かなりの近眼だったらしい。たしかに写真で見ると近眼のひとによくある美しい目をしている。

話している相手の顔もよく見定められないほどだったという。それだけにじっと見つめられた男性は、何か誤解をしてぼうっとなったかもしれない。

士族で官員でもあった父親が亡くなった後、母親と妹は仕立て物で生計をたてた。しかし、近視の一葉は縫い物が苦手だったからできない。

そこであることを思いついた。

通っていた歌塾の先輩、田辺花圃《かほ》が小説を書いて、三十三円という、当時としては大金の稿料を得たことに刺激され、小説を書こうというのだ。こうして『にごりえ』『たけくらべ』などの名作が生まれる（『にごりえ・たけくらべ』新潮文庫）。

何が創作の動機になるかわからない、ということかもしれない。しかし、一方で小説は、人生のマイナス札を集めてプラスに転じていく作業なのだとも思う。もちろん〈純文学〉を目指すというような高尚な話ではないのだが、小説が人生の悲哀と慟哭《どうこく》に添うものだとすれば、挫折や悔恨からの出発は、あながち否定できないのではないだろうか。

ひとは常に空気の澄んだ高原で生きているわけではなく、時に鉛色の空のもと、沼地を這《は》いずりまわらねばならないとするならば、身につまされる花は、泥中に咲く白い蓮《はす》の花だということになる。

一葉は森鷗外や幸田露伴など名だたる文豪に称賛され、盛名を得たが、目論見《もくろみ》通りに大金が手に入ったわけではない。

貧に苦しみ、転居を繰り返し、下谷の大音寺前では荒物、駄菓子を売る店を開いた。さらに終焉《しゅうえん》の地となったのは本郷の丸山福山町だ。

大音寺前で吉原の遊女を、丸山福山町で銘酒屋の酌婦を一葉は身近に見た。これが『たけくらべ』『にごりえ』へと昇華することはよく知られている。

通底音となるのは、体を売って生きる女の哀切だ。『たけくらべ』の終盤での美登利の不機嫌を初潮と見るか、あるいは遊女の初店と見るかはよくわからない。た

だ、美登利の、

——何時《いつ》までも何時までも人形と紙雛《あね》さまとをあひ手にして飯事《ままごと》ばかりしてゐたらばさぞかし嬉しき事ならんを、ゑゑ厭や厭や、大人に成るは厭やな事

という述懐に耳を傾けるばかりだ。

『にごりえ』の酌婦として酔客相手に虚しく暮らし、ついには男に無理心中させられるお力は、たまりかねたように店を飛び出し、夜の町を彷徨《さまよ》いつつ、

——行かれる物ならこのままに唐天竺《からてんじく》の果までも行つてしまいたい、ああ嫌だ嫌だ嫌だ、どうしたなら人の声も聞えない物の音もしない、静かな、静かな、自分の心も何もぼうつとして物思ひのない処へ行かれるであらう、つまらぬ、くだらぬ、面白くない、情ない悲しい心細い中に、何時まで私は止められてゐるのかしら、これが一生か、一生がこれか

と胸の中で叫ぶ。

だが、ふたりの声はいずれにしてもひとには届かない。静まり返った家の片隅かあるいは横町の暗がりに吸い込まれ、消えていくばかりだ。悲哀な心の声はこの世に人生の苦渋という影を落とす。

一葉の小説が美しいのはなぜなのか。

それを悲しいと読むことも、ひとの生きる姿にはやはり何かの意味があるのだ、と思うこともできるだろう。

一葉は結核のため、明治二十九年十一月二十三日、没した。

わずか二十四歳だった。

（「毎日新聞西部本社版」二〇一七年三月二日）

『気まぐれ美術館』洲之内徹

どの本について書こうかと思って、ふと本棚から『気まぐれ美術館』(新潮文庫)を手にした。著者の洲之内徹は、

──大正二年一月十七日生まれ。左翼活動で検挙され、後に中国で軍の諜報《ちょうほう》活動に従事する。戦後は小説を執筆して芥川賞候補にもなった。東京、銀座で作家田村泰次郎から引き継いだ「現代画廊」を経営、独自の美術評論、エッセーで筆名を高くした。昭和六十二年、死去。享年七十四。

というのが経歴だ。作家白洲正子は、文芸評論家小林秀雄が洲之内を「今一番の評論家だ」と言ったと伝えている。

だが、洲之内の文章はいわば美に取り憑《つ》かれた男が人通りのない裏道をひっそり

と歩む「私小説」ではないかという気がする。

洲之内は画商が商売なのだが自分が気に入った絵は絶対に売らなかったという。そして世間の評価とは別なところでおのれの目で絵と画家を見た。

洲之内の愛した画家は靉光《あいみつ》、佐藤哲三、林倭衛《しずえ》、藤牧義夫、松本竣介、吉岡憲、萬《よろず》鉄五郎、佐藤清三郎、上野山清貢《きよつぐ》、小野幸吉、長谷川潾二郎《りんじろう》と様々《さまざま》だが、それぞれに狂熱的な翳《かげ》りを帯びている。画家とは絵とともに亡びる者のことではないか。亡びるために絵を描き、消えゆく一瞬のきらめきが美となるのだろうか。洲之内の旧友だった作家、大原富枝は、洲之内が死去した後、『彼もまた神の愛でし子か洲之内徹の生涯』という評伝を刊行している。この中で大原は洲之内について次のように書いている。

――四国の旧友たちが「剃刀《かみそり》のスノさん」と密かに呼んだ彼のある酷薄な一面を、東京の友人や周りの人々の殆《ほと》んどが、何かの形で知っていた。しかし、神は、絵画という無限の美を、救いの手として彼に向ってさしのべている。

『きまぐれ美術館』には、次のような話がある。ある時、「ひと頃全学連のブレーンだったある高名な進歩的歴史学者の秘書を何年も勤めたことのある」女性と銀座の地下道を連れ立って歩いていた。この時、女性が、不意に「戦争をどう思われますか」と訊《き》いた。洲之内は唐突に女性を絞め殺したくなるような憎悪を感じる。

なぜ、それほど女性を憎んだのか。

洲之内の戦争体験はそれほど過酷だった。魂の傷跡が癒えることなく開いているのだ。

洲之内が魅《ひ》かれたのは自分と同じように血を流し続けている絵だったのではないか。

同書の「山荘記」は新潟の出湯温泉近くの山小屋をひとにもらってしばらく住むことになる話だ。この中に、

――柏木さん

という女性が出てくる。柏木さんは結婚していたが、洲之内と恋愛関係に陥ったようだ、というのはおそらくきれいごとの言い方に過ぎない。山荘には男と女の凄まじい修羅場があったことを大原の評伝は伝えている。洲之内は「続 続 山荘記」の冒頭で、

鬼とは何か――

と書く。山荘から東京に戻った洲之内のもとに届いた「柏木さん」の手紙には、

——鬼ってなあに？ 鬼って鬼だと思う？（中略）あたし、鬼って人なんだと思うのよ。鬼って鬼じゃなくて人なんだと思うのよ。このごろ、あたしって鬼なんじゃないかなあなんて思うのよ。（中略）さらば鬼よ。さらば徹よ。さらばっていい響きね。では、さらば、さらば！

洲之内と「柏木さん」の間に何があったか説明する必要はないだろう。

（「毎日新聞西部本社版」二〇一七年四月六日）

『赤光』斎藤茂吉

山形県上山市の斎藤茂吉記念館を訪れたのは二〇一四年七月のことだ。

山形市内に所用があった際に思い立って足をのばした。蔵王山を望む緑豊かな公園に接した静かなたたずまいの記念館だった。

よく晴れた日で歩くだけで汗ばんだが、コンクリート鉄筋建築の記念館は冷房がよく効いて涼しかった。

茂吉の直筆の書画などが展示され、明治から大正、昭和を生きた大歌人の風韻《ふういん》を伝えていた。

近代短歌で好きな歌集をあげろと言われたら、迷うことなく、斎藤茂吉の『赤光』(新潮文庫)になる。だが、なぜ好きなのかと訊《き》かれたら、うまく説明できない。

たとえば、有名な「死にたまふ母」の連作がある。

みちのくの母のいのちを一目見ん一目みんとぞいそぐなりけれ

死に近き母に添寝《そひね》のしんしんと遠田《とほた》のかはづ天に聞ゆる

のど赤き玄鳥《つばくらめ》ふたつ屋梁《はり》にゐて足乳《たらち》ねの母は死にたまふなり

亡くなろうとする母親への愛情の表現と言ってしまえば、それまでなのだが、母と子を包む「死」の慈悲深き世界の存在を感じてしまう。「死」は悲しみだが、絶望ではないように思える。

芥川龍之介は学生のころ、偶然、『赤光』の初版を読んで感銘を受け、「僕の詩歌に対する眼は誰のお世話になったのでもない。斎藤茂吉にあけて貰《もら》ったのである」とまで傾倒した。

何が芥川を感動させたのか。芥川はこんな風に書いている。

――近代の日本の文芸は横に西洋を模倣しながら、竪《たて》には日本の土に根ざした独自性の表現に志している。(中略) 茂吉はこの両面を最高度に具《そな》えた歌人である。

明治以降、近代化、あるいは西洋化を急いだわが国は小説、文芸でもヨーロッパの芸術思潮を取り入れた。

「横に西洋を模倣」したのだ。その一方で明治時代に俳句の革新運動を起こした正岡子規は「日本の土に根ざした独自性の表現に志し」たのではないか。子規や伊藤左千夫の系譜に連なる茂吉もそのひとりだったように思える。茂吉は短歌の写生理論を、

――実相観入《じっそうかんにゅう》

と唱えた。表面的な写生にとどまらず、対象に自己を投入して、自己と対象とが一つになった世界を具象的に写そうというのだ。

たとえば目の前にある「母の死」に自らを投入して、劇的な世界を作り上げる。実は、これは小説の創作方法でもある。

わたしたちは、茂吉の短歌を読むとき、物語の光に誘われ、いつの間にか登場人物のひとりのように、言葉の森をさまよう。

芥川が「斎藤茂吉は僕の心の一角にいつか根を下《おろ》している」としたのは、茂吉の短歌が西欧の論理的でリアリズムに即した小説世界とは違う、わが国の風土に根ざ

した精神の屹立を垣間見させてくれたからだろう。

歌集名の『赤光』は、仏説阿弥陀経《ぶっせつあみだきょう》にある、

――青色青光黄色黄光赤色赤光白色白光

から採ったもので、「赤光」とは浄土の蓮《はす》の花のひかりを形容しているという。

赤光のなかの歩みはひそか夜の細きかほそきこころにか似む

わたしたちは孤独と寂寥《せきりょう》の世界で、懊悩《おうのう》しながらも歩み続ける。それは世界の中でのわが国の姿とも重なる。

（「毎日新聞西部本社版」二〇一七年五月四日）

『新選組始末記』子母澤寛

子母澤寛《しもざわかん》の『新選組始末記』（中公文庫）をいつごろ読んだのかわからない。少なくとも司馬遼太郎の『燃えよ剣』よりは前だったはずだ。

司馬作品においてヒーローになる土方歳三が、池田屋事件で勤皇の志士、古高俊太郎を百目蠟燭《ひゃくめろうそく》で拷問するヒール（悪役）のように描かれているのを読んで、さほど違和感を覚えなかったからだ。

子母澤作品における主人公は何といっても近藤勇だ。元治元年（一八六四）六月五日、志士たちが謀議を行っている京、三条河原町の旅籠《はたご》、池田屋に近藤率いる新選組が少人数で、

――それっ

と乗り込んでいく。この時、近藤は危険を十分に把握しており、命がけでもあった。池田屋に集結していたのは肥後の宮部鼎蔵《みやべていぞう》、長州の吉田稔麿《としまろ》、土佐の北添佶磨《きたぞえきつま》

ら三十人の猛者たちである。

六月二十日前後に市中に放火し、その混乱に乗じ中川宮、会津藩主松平容保《かたもり》などを襲い、天皇を長州藩へ動かす計画だったという。

新選組は後から駆けつけた土方歳三たちも合わせて三十名だけで奮戦した。この結果、宮部鼎蔵、吉田稔麿以下七名が死亡、二十三人が逮捕された。

新選組の名を一躍、世に広めた事件なのだが、志士たちは池田屋に集まったものの、ただちに挙兵しようとしていたわけではないのだから、現代で言うなら、戦前の治安維持法につながるとして国会でも論議になったいわゆる「共謀罪」での摘発ということになるのだろうか。

ところで、作者の子母澤寛は明治二十五年に、北海道厚田郡厚田村（現・石狩市）に生まれた。本名梅谷松太郎。祖父梅谷十次郎（通称斎藤鉄五郎）は、戊辰《ぼしん》戦争のころ、江戸・上野で官軍と戦った彰義隊士だった。彰義隊が敗れると、東北に逃れ、やがて北海道の五稜郭へたどりついたらしい。幕府海軍の榎本武揚《たけあき》らが五稜郭に籠もり、蝦夷共和国を目指して明治政府に抗《あらが》った戦いも敗北すると、梅谷十次郎はそのまま北海道で開拓民となった。

子母澤は幼いころ、祖父の膝の上で幕末の話を聞いて育っており、いわば、

――幕臣の裔《すえ》なのだ。子母澤は明治大学法学部卒業後、新聞記者となり、京都に通って新選組について、当時、まだ生きていた新選組を知る故老《ころう》に取材して本作を書いた。

子母澤にしてみれば、祖父が仕えていた政権を倒そうと目論《もくろ》む、テロリストを摘発、抵抗する者を殺傷、捕縛したのが池田屋事件であり、新選組だったということになるかもしれない。本作での近藤、土方だけでなく。沖田総司、斎藤一、永倉新八、原田左之助ら隊士たちが、不思議な陰翳《いんえい》を帯びているのもそのためなのだろう。

池田屋事件の衝撃は志士たちを憤激させた。やがて長州の来島《きじま》又兵衛、福原越後、久坂玄瑞、真木和泉らが兵を率いて上洛、――禁門の変を起こし、幕末の動乱が続く。やがて幕府は倒れるのだが、池田屋事件は政権の崩壊をむしろ加速させた。

テロリストの取り締まりは病人で言えば対症療法であり、テロそのものの原因を見極め根治させることを目指していない以上、しかたのないことだった。

ところで、長州藩の志士のリーダーのひとり、桂小五郎（木戸孝允）も池田屋での会合に呼ばれていたらしい。

だが、午後八時ごろ池田屋へ来たとき、誰も来ていなかったため対馬藩邸に赴き、助かったという。

池田屋事件で捕らえそこねた桂がやがて明治維新の立役者のひとりとなり、さらには、同じ長州（山口県）出身の安倍晋三首相の政権で「共謀罪」が持ち上がったのも、歴史の皮肉かもしれない。

（「毎日新聞西部本社版」二〇一七年六月八日）

『雨』宮城谷昌光

宮城谷昌光の『玉人《ぎょくじん》』（新潮文庫）に所収されている、

――雨
という短編小説が好きで、時おり読み返す。

中国の春秋時代、魯の叔孫豹《しゅくそんひょう》が兄と争って敗れ、雨の中を出国しようとするところから始まる。叔孫豹は途中、止宿《ししゅく》した農家で女と出会い、幻ではないかと思いつつ交わる。

子が生まれた。だが、そのことを斉に亡命した叔孫豹は知らなかった。

ある夜、夢を見た。天が落ちてきた。圧殺されそうになった叔孫豹はかたわらにひとがいるのに気づいた。

色が黒い、背骨が曲がった男で目がくぼみ、豚のような口をしていた。叔孫豹は男を、

——牛

と呼んで助けを求めた。男は天をささえ、叔孫豹を救った。やがて、魯に戻り、勢力を取り戻した叔孫豹のもとにかつて交わった女が少年を連れてやってきた。牛のような醜い少年だった。しかし、叔孫豹にとっては、夢の中で命を救ってくれた牛にまぎれもなかった。

叔孫豹は牛をそばに仕えさせ、かわいがり、重く用いた。やがて牛は寵愛《ちょうあい》を笠に着て、専横の振る舞いをするようになった。牛は謀《はかりごと》をめぐらし、讒言《ざんげん》して叔孫豹の嗣子《しし》を殺していった。牛は叔孫家を乗っ取ろうとしていた。

やがて叔孫豹は病の床についた。牛は熱心に看病していると見せかけながら、叔孫豹に食事を与えず、餓死させた。やがて悪謀が露見して、牛は亡ぶ。

もとになっているのは『春秋左氏《しゅんじゅうさし》伝《でん》』の昭公《しょうこう》四年の記事だ。同じ話は『韓非子《かんぴし》』の「内儲説《ないちょぜい》篇　上　七術《しちじゅつ》」にもある。

牛は豎牛《じゅぎゅう》という名だ。豎牛はひとりで叔孫豹の世話をした。叔孫様は人の声を聞きたくないと言っている、としてひとを近づけなかった。そして何も食わせず飢え死にさせた。

叔孫豹が死ぬと豎牛は、葬儀も行わず、倉の宝物を取り出して斉へ逃げた。叔孫豹は豎牛を信じて世間の物笑いになったという話だ。

現代ならば、老いたひとの身の回りの世話をして遺産相続を狙う後妻業のような話かもしれない。それだけに、夢で助けてくれた男によって餓死させられるという話には怪異譚《かいいたん》に止まらない怖さがある。

作家の中島敦もこの話をもとに、

――牛人

という短編を書いた。同作では叔孫豹の最期は次のように物語られている。

――叔孫は骨の髄まで凍る思いがした。己を殺そうとする一人の男に対する恐怖ではない。むしろ、世界のきびしい悪意といったようなものへの、遜《へりくだ》った懼《おそ》れに近い。もはや先刻までの怒は運命的な畏怖感に圧倒されてしまった。今はこの男に刃向《はむか》おうとする気力も失せたのである。

三日の後、魯の名大夫、叔孫豹は餓えて死んだ。

（中島敦「牛人」）

ところで宮城谷作品では、牛は追手に殺され、次のような結末を迎える。

牛の首は棘《いばら》のうえに投げつけられた。

その首に雨が落ちてきた。

夢にあらわれた牛と、この牛とは、おなじ男なのであろうか。叔孫豹が夢をみなければ、当然この男はあらわれず、叔孫豹はその時点で死んでいたのかもしれない。すると叔孫豹の後半生は夢のつづきであったのか。

牛の首は雨に融《と》け、雨だけが現実であるのかもしれない。

（宮城谷昌光「雨」）

中島は現実の厳しい悪意におののき、宮城谷は夢のような幻想の世界を垣間見ている。

物語は多様な姿をとるものなのだ、とあらためて思った。

（「毎日新聞西部本社版」二〇一七年七月六日）

『堕落論』坂口安吾

——堕《お》ちよ、生きよ

いまはどうなのだろう。坂口安吾の『堕落論』（新潮文庫）はわたしたちの世代にとって青春の書だった。戦後、間もない昭和二十一年に発表され、翌年、刊行された同書は、

——半年のうちに世相は変った。

と書き始められている。

——醜《しこ》の御楯《みたて》といでたつ我は。大君《おおきみ》のへにこそ死なめかえりみはせじ。若者達は花と散ったが、同じ彼等が生き残って闇屋《やみや》となる。（中略）人間が変ったのでは

ない。人間は元来そういうものであり、変ったのは世相の上皮だけのことだ。

と敗戦後の世相を述べる。敗戦によって矜持《きょうじ》や自信、権威を喪失した世の中に向かって、もともと人間は堕落するものだし、その中から生き抜くものなのだと喝破《かっぱ》する文章が青春の書となったのは、不思議なことだ。

――特攻隊の勇士はただ幻影であるにすぎず、人間の歴史は闇屋となるところから始まるのではないのか。

安吾が言う通り、ひとは堕落するものだし、特に青春時代は自意識過剰のあまりにそう思う。では、堕落しなかった自分とはいったいどんなものなのだろう、という疑問もついてまわる。安吾が主張した「堕落論」についても同じことで安吾自身、「続堕落論」の冒頭で、

――敗戦後国民の道義頽廃《たいはい》せりというのだが、然《しか》らば戦前の「健全」なる道義に復することが望ましきことなりや、賀すべきことなりや、私は最も然らずと思う。

と述べている。さらに安吾は武士道や天皇制について述べ、日本人の自己欺瞞《ぎまん》をあばき、戦争の時代を生きた人間の原初的な心情を吐露しつつ、

――人は正しく堕ちる道を堕ちきることが必要なのだ。そして人の如くに日本も亦《また》堕ちることが必要であろう。堕ちる道を堕ちきることによって、自分自身を発見し、救わなければならない。政治による救いなどは上皮だけの愚にもつかない物である。

と「堕落論」で結んでいる。だが、平成の世になって読み返してみると、『堕落論』が青春の書であるかどうかはともかく、われわれは、いまなお堕ち続けているのではないか、という感慨を抱いてしまう。

戦後、七十年余りを経て、われわれの堕落はどこかで下げ止まったのだろうか。と言うよりも戦後社会を支える基軸ともなる価値観、あるいは倫理をわれわれはどこで獲得したのだろう。戦後民主主義と言われたものが、いつのまにか風化し、民主主義そのものに疑問を投げかける風潮が昨今、続いているではないか。右傾化と

いうよりもおそらく社会の精神の劣化のようなもののただ中にわれわれはいるのではないか、などと疑ってしまうところがある。

経済による戦後復興をよしとしただけでなく、テレビなどマスメディアの発達により、刹那《せつな》的な刺激を求め、生産者としてよりも消費者として存在することに自らの存在価値を見出すように誘導されてきたようにも思える。

消費者こそが王様である世界で、争って消費者であろうとするのは、自分たちの望んできた姿だろうか。政治家による暴言、失言、さらには一国の首相が反対の意思を示す国民に向かって、「こんな人たちに負けるわけにはいかない」と叫ぶのも権力者としての矜持を喪《うしな》った一種の堕落だろう。

現代の『堕落論』が必要なのかもしれない。

（「毎日新聞西部本社版」二〇一七年八月三日）

『相楽総三とその同志』長谷川伸

長谷川伸という作家は若いひとには馴染《なじ》みがないかもしれない。
関の弥太ッペ
瞼《まぶた》の母
一本刀土俵入
など映画や芝居になった〈股旅物〉で一世を風靡《ふうび》した。再会した生母から、お前のような息子を持った覚えはない、と冷たくあしらわれるやくざの哀しいセリフは良く知られている。
——考えてみりゃあ俺も馬鹿よ、幼い時に別れた生みの母は、こう瞼の上下ぴッたり合せ、思い出しゃあ絵で描くように見えてたものをわざわざ骨を折って消してしまった。

長谷川伸は小学校を二年で退学、横浜ドックで働き、独学で小説を書く素養を身につけた。文豪、吉川英治と似た境遇だ。

違うのは吉川が豊臣秀吉、平清盛、宮本武蔵など英雄、豪傑を主人公に小説を書いたのに比べ、長谷川は庶民、無名のひとの人生に寄り添うように物語を紡いだことだ。

根無し草のやくざの悲痛はそのまま大正、昭和の時代を生きる庶民の哀歓につながっていた。〈股旅物〉で流行作家になった長谷川だが、人気作家であり続けたいとは、さほど思わなかったようだ。

史実性の高い実証的な小説『荒木又右衛門』、『上杉太平記』、『江戸幕末志』、『日本捕虜志』などの作品を書く。さらに、

――紙の記念碑

――筆の香華《こうげ》

として書いたのが、『相楽総三とその同志』（講談社学術文庫）だ。相楽総三は幕末、維新期の尊攘派志士。本名は小島四郎左衛門将満《まさみつ》、通称四郎。生家は下総国相馬郡の富裕な郷士で、相楽は兵学と国学を修め、二十三歳のとき尊王攘夷の志士と

なった。京都に出ると薩摩の西郷隆盛の命令を受けて江戸の薩摩藩邸に浪士を糾合して、江戸とその周辺地で騒動を起こした。その後、京に戻ったが、再び西郷の指令を受けて官軍の先鋒隊である赤報隊を結成した。

この際、年貢半減令を維新政府に建白し、東山道を進軍するおりに布告した。しかし、年貢半減令の実質的取消しをはかった維新政府により赤報隊は「偽官軍」として捕えられ、相楽は信濃国下諏訪にて斬殺された。三十歳だった。

維新史の闇に葬られた草莽《そうもう》の志士の典型だと言える。本作で長谷川は関東各地で蜂起しては虚《むな》しく散っていく無名の志士たちの姿をたんねんに追っている。

そこから浮かび上がってくるのは、幕末、維新の激動が西郷隆盛、大久保利通、木戸孝允ら維新の三傑と呼ばれるひとにぎりの志士たちの力でもたらされたのではないということだ。農民、町人と近い場所にいた下級武士や郷士たち、民衆世界と通じる反乱のエネルギーが歴史を揺り動かしたのだ。だが、そんな草莽の志士たちには維新後の栄誉ではなく、無惨な処刑が待っていた。

それは革命期の矛盾という言い方では収まらない、徳川幕府を倒して新たに成立した明治政府という権力が持つ「悪」の表れだった。本書の「相楽総三の刑死」では相楽の処刑場面を次のように書いている。

――相楽総三だけは一言も発しないで、どろどろの土の上にきちんと坐って、両眼を閉じ、身動き一ツしずにいた。あまり同志のものが猛り立ったり怒鳴ったり、騒々しさがひどくなると、眼をちょっと開けて、あまり見苦しい様子はよせといって微笑したような顔をして、すぐ又元のとおり、瞑目《めいもく》して無言の端座《たんざ》をつづけた。

相楽が閉じた瞼の裏に浮かんだのは、どのような理想の社会だっただろうか。

（「毎日新聞西部本社版」二〇一七年九月七日）

『草枕』夏目漱石

夏目漱石の『草枕』（新潮文庫）の人生は、興味深い。

――山路《やまみち》を登りながら、こう考えた。
智《ち》に働けば角が立つ。情に棹《さお》させば流される。意地を通せば窮屈だ。兎角《とかく》に人の世は住みにくい。

冒頭の一節だが、人の世は住み難いと考えているのは、作者だけではない。『草枕』の主人公である、絵描きもそうだし、温泉でめぐりあう女性、――那美も同じように「人の世は住みにくい」と考えていたに違いない。漱石は熊本の第五高等学校で教鞭《きょうべん》をとっていたころ、休日に山を越えて小天《おあま》温泉へ湯につかりにいった。この温泉での体験が『草枕』となったのだ。当然、那美にもモデルがいた。——前田卓《つな》である。漱石が小天で泊まっていたのは、地元の名士、前田案山子《かがし》の温泉付き別邸だった。案山子は熊本藩に仕えた槍術《そうじゅつ》の達人で藩主細川慶順《よしゆき》の護衛をつとめ、そのころ前田覚之助という名だった。維新後、なぜか案山子と名を改め熊本での自由民権運動の中心となり、国会議員にもなった快男児だった。

その次女だった卓は父に武芸を教えられ、民権家が集まる家で、男女同権論を唱える女性民権家の岸田俊子を知った。卓は一度、民権運動家と結婚したが相手の封建的な考えがあわずに離婚、家に戻っていた。

漱石が小天温泉に来たのはそのころだ。事実なのかどうか。主人公は風呂場で裸身の那美と出会う。

——次第に白く浮きあがる。今一歩を踏み出せば、折角《せっかく》の嫦娥《じょうが》が、あわれ、俗界に堕落するよと思う刹那《せつな》に、緑の髪は、波を切る霊亀《れいき》の尾の如《ごと》くに風を起して、莽《ぼう》と靡《なび》いた。渦捲《うずま》く烟《けむ》りを劈《つんざ》いて、白い姿は階段を飛び上がる。ホホホホと鋭どく笑う女の声が、廊下に響いて、静かなる風呂場を次第に向《むこう》へ遠退《とおの》く。

漱石の漢文趣味でも妖艶な女人像は浮かび上がる。わずかなふれあいだったが、後に漱石は東京で卓と再会する。

父親の案山子の没後、卓は上京し妹の夫で革命運動家の宮崎滔天《とうてん》の紹介で中国の革命家、孫文や黄興《こうこう》が東京で結成した「中国同盟会」の機関誌『民報』を発行する民報社に住み込みで働くことになった。革命家や中国人留学生を親身になって世話をした。中国人革命家の密航を助けることもあったという。

上京後十年ほどして卓は漱石を訪ねた。

漱石は卓と中国人革命家との関わりに驚き、「草枕も書き直さねば――」と言った。

だが、温泉で会ったとき、漱石には卓の本質が見えていたのではないか。一瞬で相手を見抜く。それは男女の間では恋に似た体験だろう。そして卓もまた、漱石に第五高等学校の教師という社会的地位に止まらない才能を感じとったのではないか。だからこそ、たったいまの自分ではない。何事かをなした自分として漱石の前に立ちたかったのかもしれない。漱石はそんな卓の姿を『草枕』の最後の一節に書き残しているようにも思える。

——那美さんは茫然《ぼうぜん》として、行く汽車を見送る。その茫然のうちには不思議にも今までかつて見た事のない「憐《あわ》れ」が一面に浮いている。

「それだ！　それだ！　それが出れば画《え》になりますよ」

と余は那美さんの肩を叩《たた》きながら小声に云った。余が胸中の画面はこの咄嗟《とっさ》の際に成就したのである。

卓は民報社解散後は東京市養育院板橋分院に勤め、孤児に慕われたという。

昭和十三年、七十一歳で亡くなった。

（「毎日新聞西部本社版」二〇一七年十月五日）

『追われゆく坑夫たち』上野英信

先日、明け方に夢を見た。

たぶん筑豊だと思うがプレハブ建ての焼き肉屋で記録文学作家、上野英信さんの話を聞く会を開くことになった。わたしはまだ若くて二十代だった。会場の設営や会費集めを担当していた。上野さんの話が始まれば入り口近くの端っこで聞くつもりだった。話が終われば当然、酒盛りになるので、それを楽しみにしていた。だが、準備を進めるうちに、今日はまだ上野さんに連絡していないことに気づいた。あわてて電話しようとしたとき愕然《がくぜん》とした。上野さんも奥様の晴子さんももう亡くなっているのだ。悲しみが湧いてきた。気がついたら寝床で泣いていた。

還暦をとっくに過ぎながら恥ずかしい話だ。上野さんが亡くなっていたことが悲しいだけでなく、六十代になっていまだに上野さんの仕事におよびもつかないことが悔しかったのだろう。

上野さんは戦後、京大中退という学歴を隠して炭坑労働者として働いた。昭和三十三年、詩人の谷川雁や森崎和江らと「サークル村」を創刊。坑内労働者たちの生活をえがく記録文学を発表した。作品に『追われゆく坑夫たち』(岩波新書)、『地の底の笑い話』(同)、『出ニッポン記』、『眉屋私記《まゆやしき》』などがある。

学生時代に上野さんをお訪ねして感激した話は何度もエッセーで書いたのでここではふれない。

『追われゆく坑夫たち』での血を売る坑夫の話を紹介する。重労働で働きながら、貧困に苦しみ、家に帰っても食物がなく、ようやく三十円を見つけた(昭和三十三年の話)。金を握りしめて町に出たが、同じように飢えに苦しんでいる妻子のことを思うと食堂に入る決心がつかない。そしてなぜかナイトショーの三十円のチャンバラ映画を見てしまう。

当然ながら女房は、「あの金は子供たちが病気になったとき、薬の一服でも買う万が一のお金だった」と激怒。夫婦喧嘩《げんか》になり、女房は子供を連れて出ていってしまう。

坑夫は母子心中したのではないかと怯《おび》えて夜道をとぼとぼと歩きまわり、途中で福岡市の血液銀行に血を売ることを思いつき、ふらふらになりながら歩いていくのだ。

結局、坑夫は血を売って九百円の大金を手にし、女房子供も佐賀の親戚のところにいることがわかるのだが、もちろん、めでたし、めでたしの話であるわけがない。わが国のエネルギー政策の転換の中で閉山に追い込まれ、追われてゆく炭坑労働者の中でも圧制に苦しむ中小のヤマの坑夫たちの地獄の炎であぶられるような悲惨を垣間見ただけだ。そして、ある老坑夫は上野さんの問いかけに、

——この世のもんじゃなか

としか答えない。年齢を訊《き》いても、故郷や賃金を訊いても、答えは同じだ。

——この世のもんじゃなか

老坑夫は上野さんに向かって二、三度かすかに首を振った。おれがこの世のものではないことを分かってくれたら、だが、決してそのことを分かってはくれないだろう。そのことを自分自身に言い含めるように。上野さんは、

――それほど物悲しい、やわらかい首のふりようであった。

と記している。伝えねばならないものは何か。この世の矛盾への憤りであり、苦しむすべてのひとへの共感であろう。

ただ、わたしにできるのは、ひとの内にある、

――物悲しいやわらかさ

を語ることだけかもしれない。そんな気がして不甲斐《ふがい》なさを申し訳なく思うのだ。

（「毎日新聞西部本社版」二〇一七年十一月二日）

空海

最近、髙村薫さんの『空海』(新潮社)を読んだ。本屋で同書を見かけたとき、ためらうことなく購入したのは、去年から京都に仕事場を持って、比叡山や高野山に上っていたからかもしれない。

伝教大師、最澄が切り開いた比叡山延暦寺の峻厳さにふれ、弘法大師、空海が造り上げた高野山金剛峯寺の即身成仏の世界をかいま見ると、四十年ほど前に読んだ司馬遼太郎さんの『空海の風景』(上・下、中公文庫)のことが思い起こされた。仏教に献身的な努力を怠らぬ稀代の秀才、最澄と野性的で天馬空を行く天才、空海の物語を同書で堪能した記憶がある。

その中でも空海が持つ神秘的な魅力は心に残った。数十年を経て高野山に上ってみると、あらためてそのことが思い起こされた。

髙村さんは『空海』を書かれるきっかけとして、一九九五年一月に自宅で阪神淡路大震災に遭遇したことをあげている。書き始めるにあたっては二〇一一年三月に発生した東日本大震災、福島原発事故の被災地をめぐった。髙村さんの本を読みつつ、われわれは世界が崩壊する危機を感じた時に空海のことを思うのではないかと感じた。

『空海の風景』の「あとがき」で司馬さんは「空海は私には遠い存在であったし、その遠さは、彼がかつて地球上の住人だったということすら時に感じがたいほどの距離感である」と書いている。それほど、「遠い」、空海についてなぜ書くことになったのか。

戦後の六、七年を京都の宗教担当記者として過ごした司馬さんが僧侶たちの話を聞き、時に「自分は空海が好きではない」と口にしながらも、しだいに空海の世界にのめりこんでいった経緯が「あとがき」からうかがえる。司馬さんが空海全集を読みふけったのは、日露戦争をテーマとした『坂の上の雲』の下調べに熱中した時期だ。

戦争という具体的な事象を調べることに、司馬さんといえども、時に索然とすることがあった。

そんな時、「空海全集を読むことで癒された」という。さらに「空海が皮膚で感じられたような錯覚があり、この錯覚を私なりに追っかけてみたいような衝動に駆られた」。

この先に『空海の風景』があった。この「衝動」を髙村さんも持ったのかもしれない。振り返ってみれば、司馬さんの記者時代はわが国が戦争に敗れ、進駐軍に占領された時期に始まる。

天台宗や真言宗は国家鎮護の宗教である。だが、国家が敗れ、それまでの世界が崩壊した後、何を見たらいいのか。それが司馬さんにとっては、歴史としての日露戦争であり、世界観としての空海だったのではないか。そんなことを思いつつ、ひさしぶりに『空海の風景』のページをめくった。

（「日本経済新聞」二〇一六年一月三日）

山本周五郎の悲願

山本周五郎の『樅ノ木は残った』（新潮文庫、全三巻）で、わたしが好きな場面は主人公の原田甲斐が山中に入って〈くびじろ〉という大鹿の狩りをするところだ。原田甲斐は日ごろ、感情を押し殺してひとに胸の内を悟らせず、伊達藩を救おうと重い荷を負った生き方をしている。

俗に〈伊達騒動〉と呼ばれる仙台藩の〈寛文事件〉を題材にしたこの作品は、従来、歌舞伎の『伽羅先代萩《めいぼくせんだいはぎ》』での仁木弾正のように御家乗っ取りを企《たくら》む悪人とされてきた原田甲斐が、実は伊達家六十二万石を安泰にすべく汚名を着て死んだ真の忠臣であったとするものだ。原田甲斐は非情なまでに自らに厳しいが、大鹿とひとりの狩人として対峙する場面で次のように初めて胸中を吐露する。

――おれは間違って生れた。

と甲斐は心の中で呟いた。けものを狩り、樹《き》を伐《き》り、雪にうもれた山の中で、寝袋にもぐって眠り、一人でこういう食事をする。(中略)それがおれの望みだ、四千余石の館も要らない。伊達藩宿老の家格も要らない、自分には弓と手斧《ておの》と山刀と、寝袋があれば充分だ。

――それがいちばんおれに似あっている。

大鹿、あるいは自然と相対して自分を取り戻す原田甲斐は、『シートン動物記』の一篇、〈サンドヒル雄鹿の足跡〉に登場する頑健な肉体を備えた若き狩人ヤンを連想させる。ヤンは、日々シカの足跡を追って冬のサンドヒル丘陵を彷徨《さまよ》う。雄鹿を追いつつ、自分が何を求めているのか、と厳しく自らに問う。だが、目指す相手と出会ったとき、ヤンはその雄鹿の優しい眼差しの前に立ちすくみ、銃を下ろす。ストイックな生き方を自らに強いている甲斐も角を振り立てて向かってくる大鹿と向かい合い、山刀を振るって闘う。だが、猟師の鉄砲で大鹿が殺されると、甲斐は悲嘆し、また伊達家中での騒動のただ中に戻っていく。人間相手の砂を嚙むような戦いが甲斐を待っているのだ。ところで千六百枚に及ぶ長編は甲斐を慕う清純な娘、宇乃が、樅ノ木に向い、甲斐の幻を見るところで終わる。

——宇乃は云いようもなく激しい、官能的な幸福感におそわれ、自分のからだのそこが、湯でもあふれ出るように、温かくうるおい濡れるのを感じた。甲斐はもう宇乃の前に来てい、宇乃は甲斐のほうへ、両手をそっとさし伸ばした。

現世はどれほど、醜悪で過酷であろうとも、それを超越していく愛は存在するのだという主張は、闘い続けねばならない人間を見つめる作者の「悲願」だったという気がする。

（「日本経済新聞」二〇一六年一月十七日）

不干斎ハビアン

今年は遠藤周作の没後二十年だという。代表作の『沈黙』(新潮文庫)を再読しつつ、『不干斎《ふかんさい》ハビアン—神も仏も棄てた宗教者』(釈徹宗、新潮選書)のページをめくった。

『沈黙』の主人公は日本に派遣されたイエズス会の宣教師フェレイラが拷問に耐えかねて棄教したため、ポルトガルから派遣された三人の司祭のひとり、ロドリゴだ。苦労して日本に潜入したロドリゴは、やがて役人に捕えられ、拷問を受け、フェレイラにうながされてイエスの像を踏む。

このとき、「踏むがいい。私はお前たちに踏まれるため、この世に生れ、お前たちの痛さを分つため十字架を背負ったのだ」と「銅版のあの人」がロドリゴに言う。ロドリゴは神の〈沈黙〉に苦しんだ。だが、イエスは迫害を受けているすべての人々とともに苦しんでいたのだ、と悟る。このことが、転んだロドリゴの心の支えとなった。

しかし、物語の終盤で、ロドリゴを取り調べてきた奉行の井上筑後守は、「他の者は欺《あざむ》けてもこの余は欺けぬぞ」と心の内でイエスにすがろうとしているロドリゴの欺瞞をつめたく指摘する。

神をめぐる議論は果てしなく、どこまで行っても正解がない。

ところで、不干斎ハビアンは、イエズス会の日本人修道士だった。

安土桃山時代を生き、第二代将軍徳川秀忠の時代に没した。禅僧からキリシタンに改宗し、仏教とキリスト教を比較検討した『妙貞問答』という本を著した。朱子学者の林羅山と論争するなどしてイエズス会の理論的支柱ともなった知識人だった。キリシタン大名だった黒田如水の三回忌の追悼説教者も務めている。

だが、ハビアンは突然、京都の修道女ベアータとともに出奔する。イエズス会を脱会、棄教したハビアンはベアータと博多で同棲した。徳川幕府がキリシタン禁教令を公布すると、長崎で幕府のキリシタン迫害に協力し、キリスト教を批判する『破提宇子《はだいうす》』を書いた。

ハビアンに何があったのかはよくわからない。

ただ、ハビアンの後半生にはキリスト教に対する複雑な憤りのようなものがうかがえる。わが国で最初の転向者となったためだろうか。興味深いのは、ハビアンは同書の中で、天使から悪魔になったルシヘルについてふれ、全能の神、デウスは、地獄に堕ちる者が出ることを知らなかったのか。もし、知っていて天使を作ったのなら、無慈悲な話ではないか、それとも、天使は作りそこないだったのか、と疑問を投げかける。

なぜ神は堕ちていく者を見捨てるのか、という問いかけは、『沈黙』と同じなのだ。

ロドリゴとハビアンは双子のように似ていたのかもしれない。

（「日本経済新聞」二〇一六年一月二十四日）

小林秀雄の『本居宣長』

小林秀雄の『本居宣長』（上・下、新潮文庫）は、小林が歌人で国文学者、民俗学者でもあった折口信夫を訪ねて、本居宣長のことなどを口にして会話した後、別れ際に折口が、

「小林さん、本居さんはね、やはり源氏ですよ、では、さよなら」

と印象深い言葉を返すところから始まる。この話に、宣長が遺言状で自らの墓を事細かに指定したことが続く。だが、宣長が好んだ山桜を墓地に植えるように指示したことまで紹介されると話の行く末はどうなるのだろうかと思う。

山桜にふれたことが折口信夫の「さよなら」と呼応しているように感じるのだ。『本居宣長』は読んでも、その正体はつかめず、春霞のような山桜の花吹雪が舞う中に「では、さよなら」という言葉を残して去っていくのではないか、と不安になる。実際、わたしにとって『本居宣長』は難解でわかったなどとは言えない。

そこで、『小林秀雄講演』（新潮社）のCDを聞いて、小林の肉声から『本居宣長』で何を述べたのか探ってみた。講演の録音を聞くと、よく言われるように、落語家の古今亭志ん生を思わせる歯切れがよく、甲高い声で明晰に小林は語っている。

本居宣長について、自分は何ほどの新説も述べたわけではない。

――ただ、よく読んだんです。

と小林は言う。さらに、「よく読む」というのは、どういうことか、という話になる。文章を読むということは、このひとはこの文章をなぜ書いたのだろう、という心の奥底を読み取っていくことだという。いわば魂に触れることで知識を溜《た》めることではない、と小林は語る。現代のわれわれが本を読むときは、知識や情報を得ようとしてだ。

著者そのものに触れていこうという読み方はなかなかできるものではない。

わたしが、わからない、ということは、文章をなぞって、何事か論理を組み立てようとしても、無理なのだということかもしれない。

だからこそ、講演CDを聞いたのだ。しかし、このことは『本居宣長』下巻に付されている評論家の江藤淳との対談で小林が、

「あの人の言語学は言霊《ことだま》学なんですね。言霊は、先ず何をおいても肉声に宿る。肉

声だけで足りた時期というものが何万年あったか、（中略）それをみんなが忘れていることに、あの人は初めて気づいた」としているのを読むとあながち的外れでもない、と思えてくる。「あの人」とは当然、宣長のことだ。

宣長は日本とは何なのかを知ろうとしたのであろうし、小林が昭和の戦争の時代を生きつつ考えたのもこのことだ。小林の語りを聞いていると、これらの問題がいつの間にか胸に染みて、少しだけ気持ちが晴れてくるのだ。

（「日本経済新聞」二〇一六年一月三十一日）

書店放浪記

わたしには新刊本屋の敷居は高かった。

貸本屋世代だから、子供のころ足繁く通ったのは、貸本屋だ。マンガだけでなくルパンやホームズなどの子供読物の本もあった。

新刊本屋はおとなに連れていってもらうところで、それも世界児童文学全集のような固い本を買いあたえられるだけだったから、胸がわくわくする読物には貸本屋で出会った。

中学生になるとさすがに貸本屋は卒業したけれど、学校の図書室や図書館で借りていたから、本屋で買うのはせいぜい文庫本だった。もっとも高校生のころは司馬遼太郎の『竜馬がゆく』が刊行されるとすぐに買っていた記憶がある。あれは何だったのだろう、と不思議な気がする。ともあれ、それ以外はすべて文庫本か図書館の本だった。それでもその後三島由紀夫を読みふけり、「三島が自決する前に作品を読んでいた読者」である、と後にプチ自慢した。本屋で新刊の三島由紀夫を買う高校生はさほど多くはなかっただろうから、図書館読書の賜物かもしれない。

大学生になると古本屋に通い出し、植草甚一さんの『ぼくは散歩と雑学がすき』が好きでどっさりと買い込み、ジャズ喫茶でコーヒーを飲みながらおもむろに本を開くというスタイルに憧れて実践した。だから新刊本屋さんに通うようになったのは、実際には社会人になってからだ。

このころ町の本屋さんは退潮気味で、大型商業ビルに出店している大きな本屋さんに通うようになっていた。それほど懐は温かくなかったが、買う店の規模が大きいのに負けじと『吉本隆明全著作集』『澁澤龍彥集成』『アンドレ・ブルトン集成』など全集モノを大人買いしていた。鼻息荒く本を買った経験から言うと「本とは人生に挑む気合で買うもの」だった。

近頃、本が売れないのは、人生に挑む気合が欠けているからではないかとも思うが、どうだろう。人生という戦場に出ていくからには、読書という武装が欠かせないと信じていたが、いまは違うのだろうか。

さて、社会人になって、しばらく本屋さんとの蜜月期間はあったものの、中年になり本棚が書籍であふれ出すと新刊の購買意欲は減退し、文庫本ばかりを買うようになった。

書棚に入りきらないという物理的な理由に資金力の低下、さらには新刊に挑もうというチャレンジ精神までもが失われてきたのだ。読書というリングに上がる意欲が湧かないスランプに陥り、安寧を求めていた。

しかし皮肉なことに本屋さんは大艦巨砲主義が全盛で、地元福岡市の天神には丸善、紀伊國屋書店、ジュンク堂書店など大型店が進出して威容を誇り、天神は〈書店戦国時代〉とも言われた。

それが却って中年読者の気を萎えさせた。言うならば人生の盛りを過ぎ、おとなしく盆栽いじりでもしようか、と思っていたところに楊貴妃のような妖艶な美女と出会うようなもので、「だからといって、どうよ」という感覚だった。

ところがアラ不思議。五十代になって、本を書く仕事をするようになった。ならば、資料の本を買い漁らなくては、と張り切って出かけるのだが、その時には以前、本屋めぐりをしていた天神の大型店のうち二店は九州新幹線の開通に向けて（なのかどうかは知らないが）、ＪＲ博多駅のそばに移転していた。

地下鉄で数駅のことだから、遠いわけではないが、言うなら本を渉猟していた猟場から突然獲物が少なくなった印象なのだ。

猟場を移そうとは思わず、以前と変わらず天神の本屋で書籍を購い、植草甚一流にスターバックスで買ったばかりの本を読むようになったものの、なぜかしら隣町に越していった〈永遠の恋人〉をひそかに思う心境でいる。

（「日販通信」二〇一一年十二月号）

第二章　歴史随想ほか

〝西郷隆盛〟とは誰だったのか

西郷は謎なのか。

来年が戊辰戦争百五十年で、NHK大河ドラマは「西郷《せご》どん」とあって、西郷隆盛について訊かれることが多い。そんなとき、必ずあるのが、

「西郷さんは人物が大きくて何を考えているのかわからない」

という感想めいた言葉だ。面倒だから、

「なるほど、そうですね」

と相槌《あいづち》は打つが内心では、さほど西郷が謎だとは思っていない。わたしは九州出身で若いころ、理論は語らないが修羅場での決断力があってひとの上に立つ、眉が太く、目がぎょろりとした「西郷顔」のリーダーを見てきた。だから、西郷のことを考えるときも、

「あんなひとはいる―

という印象だ。陽性なキャラクターなのにどこか孤独な翳りがあって、なぜなのだろうと戸惑わせるところも本物の西郷に似ていた。司馬遼太郎の『翔《と》ぶが如く』に特徴的な場面がある。幕末、西郷に見出されて警視庁の大警視になる川路利良《かわじとしよし》が妻に西郷の印象を文字にしろ、と命じる。困った妻は、なぜか、

――悲

という字を書く。このエピソードはおそらく創作で司馬が西郷に感じたものを表しているのだろう。

西郷自身は直情径行《ちょくじょうけいこう》で寡黙だが、思ったことははっきり言うし、儒学者、佐藤一斎《さとういっさい》の『言志録』を手帳に書きぬいて行動指針にしていたから、どのように生きようとしていたかは、むしろわかりやすい。佐藤一斎は江戸幕府直轄の昌平坂学問所で学び、のちに塾長を務めた。現代で言えば東大総長である。朱子学だけでなく当時は異学とされた陽明学にも明るかったことから、

――陽朱陰王《ようしゅいんおう》

と陰口された。一斎は四十年をかけて、箴言《しんげん》集である四冊の言志録を書いた。

これを西郷は愛読したのだ。

――天下の事もと順逆なく、我が心に順逆あり

などの箴言に感銘を受けた西郷を想像することはさほど難しくない。あえて言えば、西郷は、おのれの心胆を鍛えることを生涯の目的としたのだろう。

そんな西郷をわかり難くしているのは維新後に作られた、明治維新は尊王攘夷派による革命だったとする薩長史観の革命伝説だろう。

西郷は幕末の志士の中でも活動歴が古い。英明な藩主、島津斉彬《なりあきら》に見出されて股肱《ここう》の臣として将軍継嗣問題で活躍した。

斉彬の政治構想は言うならば、

——開明、開国派
だった。鹿児島で反射炉《はんしゃろ》を建設、近代工業化をめざしていた斉彬は幕府だけでなく雄藩連合も加わって開国、近代化を推し進めようという青写真を持っていた。

明治維新後の開国、近代工業化は斉彬によって予見されていたとも言える。

だが、幕府内で紀州藩の慶福《よしとみ》（家茂《いえもち》）を将軍継嗣に推す動きが出て政局になった。紀州派の大老、井伊直弼《なおすけ》は慶喜《よしのぶ》を推す一橋派を弾圧した。〈安政の大獄〉は尊攘派よりも一橋派の弾圧が狙いだった。

大獄の最中、西郷にとって師でもあった斉彬が病で急死した（薩摩藩内での暗殺という見方もある）。西郷も勤皇僧の月照《げっしょう》と入水自殺を図ったが、蘇生し、奄美大

島に追いやられた。西郷は絶望の淵に沈んだ。『翔ぶが如く』に書かれたように、まさしく、

――悲

である。薩摩藩は斉彬亡き後、弟の久光《ひさみつ》が藩主忠義の実父であるという、

――国父

の資格で実権を握った。久光の統制力はあるいは斉彬に勝ったかもしれない。斉彬が死によって果たせなかった藩兵を率いての上洛、さらに越前福井藩主で斉彬の盟友だった松平春嶽《しゅんがく》を幕府の政事総裁、一橋慶喜を将軍後見職にするという幕政改革を、ともあれ実現する。西郷は島から呼び戻され久光のために働くことになる。

この時期、天下の人気思想は長州藩が代表する、

――尊王攘夷

だった。政治学者の丸山眞男によれば、幕末には、尊王攘夷と公議輿論《こうぎよろん》思潮のふたつの思想の流れがあったという。

幕府だけでなく、諸藩が協力して国難にあたり、わが国の近代工業化を果たそうとする斉彬の構想は、公議輿論思潮の流れに沿うものだ。明治維新後の五箇条の御誓文の、

——万機公論《ばんきこうろん》に決すべし

にいたるわが国独自のデモクラシーを内包している。

西郷は幕末の煮詰まった段階でイギリスの外交官、アーネスト・サトウに「大君政府（幕府）に代わって国民議会を創設すべきだ」と主張して驚かせている。

この一事をもって西郷を民主主義者と断じることはできない。だが、西郷の気分のようなものはうかがえる。島から呼び戻され、上洛した西郷が担当したのは過激化した長州藩と〈禁門の変〉で対決することだった。当然、不人気な役割である。だが西郷は、淡々とこれをこなした。この段階での薩摩の政治的な動きは公武合体派のものだった。

当時としては保守派である。

西郷の真骨頂は、デモクラシーに近い感覚を持ちながら保守的な政治行動を取ったところにある。しかし明治維新後、革命の果実を手にしたのは新政府の官僚として権力を握った長州などの尊攘派だった。

西郷が当初、政府に入らなかったのはこのためだったかもしれない。明治政府と相いれず、やがて西南戦争にいたったのも、多くの志士たちの死の果てに成り上がりの官僚が権力を振るう政府を作ってしまったという、

――悲によってだったのではないか。

ところで西郷は詩人でもある。たとえば次のような詩がある。

我に千絲《せんし》の髪《かみ》有り
毿々《さんさん》として漆《うるし》よりも黒し
我に一片《いっぺん》の心有り
皓々《こうこう》として雪よりも白し
我が髪は猶《なお》断つ可《べ》し
我が心は截《た》つ可からず

わたしには漆のように黒い髪があり、雪よりも白い一片の心がある。髪は断つことができるだろうが、私の心は截つことができない。

やはり、西郷の心は信じるべきだと思う。

（「本郷」二〇一八年一月号）

三英傑

織田信長、豊臣秀吉、徳川家康という戦国時代を代表する三英傑《さんえいけつ》が尾張《おわり》、三河《みかわ》という日本列島の中央部に生まれたことは偶然ではないと思っている。戦国時代は西へ向かうか、東へ進むかという日本史の岐路《きろ》だったからだ。

たとえば東の戦国大名をあげれば、小田原の北条氏がいる。早雲《そううん》以来のこの家は、かつて鎌倉幕府の執権《しっけん》として京の朝廷に対し、地方の武家勢力の独立を保障した北条政権に倣《なら》おうとした節がある。また、西国大名の雄、毛利氏は勘合《かんごう》貿易を盛んに行った大内氏の領土を引き継いで海外交易への意欲を抱き、港を求めて九州へ進出し、京で天下政権を樹立しようという考えを持たなかった。

信長は東国と西国をにらみつつ、中部から近畿地方を制覇すると、異常な独裁的性格から天下政権（中央集権国家）を目指した。その際、戦国期にわが国に影響をおよぼしたグローバリズムの象徴ともいうべき鉄砲を多用した。このため、鉄砲の火薬を外国から手に入れなければならない必然と海を越えてくる文化への好奇心から西国への進出を図った。

信長が本能寺の変で斃死《へいし》すると、後を継いだ秀吉は、信長の構想であるアジアに開かれた海洋交易国家を実現しようと朝鮮に出兵する。秀吉の老齢と朝鮮での民衆の抗戦、さらに明国《みんこく》の支援により構想はとん挫した。その後も海洋国家としての日本という夢想は歴史の地下水脈として受け継がれる。だが、とりあえずこの夢に蓋《ふた》をしたのは徳川家康だった。家康は秀吉によって江戸に移封《いほう》され、思わぬ形で東国大名になった。さらに、秀吉没後の権力争いでは石田三成と反三成派の対立という豊臣家の内紛を巧みに利用したが、肝心の天下分け目の関ヶ原合戦ではこのことが裏目に出た。徳川の主力軍が信濃の真田昌幸《さなだまさゆき》が籠《こも》る上田城攻めに手間取り、関ヶ原合戦に間に合わなかった。このため、福島正則や黒田長政ら豊臣家大名が主力として戦った。戦勝後はこれらの大名に重く報いるしかなく、西国は豊臣家の大名がひしめいた。家康は天下政権を江戸で開き、先例を鎌倉幕府に求めた。家康にしてみれば、京で政権を立てることに憧れはあっただろうが、はなやかさを好まない性格が幸いしたのか、東国でのどこか古めかしい天下政権で満足したようだ。しかし、このことによって日本史は大きく方向転換した。アジアをめざす重商主義の海洋国家ではなく、内政の充実に重きを置く重農主義の地方分権国家となったのだ。そのことが国民の性格にも影響を与えたかもしれない。グローバリズムにさらされる現代においてわれわれが自分の中に信長や秀吉、あるいは家康を感じて戸惑うのはそのためだ。

いまは三英傑のうち誰の時代なのだろうか。

（「公明新聞」二〇一七年九月二十二日）

海音寺潮五郎作品の魅力

海音寺さんは歴史文学の泰斗である。

しかし、その意味が伝わっているのだろうか、と時々思う。司馬遼太郎さんとの先輩後輩という関係を越え、師弟関係にも似た交流はよく知られている。天馬、空を行くような光彩陸離たる文学に目が奪われがちだが、司馬さんの活躍は歴史文学の先達としての海音寺さんの業績があったからこそではないか、という気がする。

それは海音寺さんが戦前、すでに歴史小説家として一家をなし、しかも戦後も作家として活躍したからだ。ふたつの時代の架け橋でもあるのだ。

このことは、何でもないことだと思われがちだが、歴史小説家は常に「日本とは何か」、「日本人とは何か」というテーマを背負っている。日本は明治維新によって江戸時代を否定し、先の敗戦で明治以来の歴史を否定した。

二重の否定をくぐり抜けてなおかつ、「日本とは何か」を表現することは並大抵の力でできることではない。

書かれたことだけでなく、書かなかったことも劣らずに重要だ。何を書かなかったかといえば、皇国史観の虚構と過剰、戦後民主主義の政治的傾斜と歴史の恣意的な解釈という陥穽《かんせい》だった。

海音寺さんの仕事があってこそ司馬さんは過去のくびきにとらわれない近代主義者としてのびのびと飛翼をのばして日本人を勇気づける「司馬史観」を展開できたのではないか、と思う。だが、もし、そうだったとして、海音寺さんが戦後社会を乗り切ることができたのは、國學院大學高等師範部国漢科を卒業後、教師となった教養によるものだと思う。

江戸時代のわが国の学問の中心は儒学だが、「仁」を徳の最高とする人道主義、さらに怪力乱神ヲ語ラズという現実主義、「中庸の徳たるや、それ至れるかな」と偏りを排し、中道を行こうとするバランス感覚などは価値観が錯綜した戦後社会で創作活動を行う支えとなったのではないだろうか。ライフワークともいうべき『西郷隆盛』などの史伝でこれをなしとげた。

海音寺さんが故郷の英雄として敬愛してやまなかった西郷隆盛を特徴づけるのは

倫理的な性格だろう。西郷は〈安政の大獄〉で挫折を味わい、島流しという苦難に遭いながらも抱懐する倫理観を失わず、むしろ鍛え上げた。だからこそ、倒幕という革命の大業がなせたのだが、革命は同時に社会のモラルを失わせる、いわゆるモラルハザードを起こす。

最も倫理的な英雄である西郷が明治以降、倫理を失っていく社会に直面したことはやはり悲劇だったに違いない。

海音寺さんは同じように経済優先主義と刹那的な快楽がはびこる戦後社会へのレジスタンスとして西郷の史伝を書かずにはいられなかったのではないだろうか。

（かごしま近代文学館『海音寺潮五郎の切捨御免！　日本の歴史を点検する』

二〇一七年十一月）

創作に込める

物を作るとはどういうことか。

わたしは書斎の壁にかけている映画「蜩ノ記《ひぐらし》」の題字から日々教えられている気がする。

書家の星弘道《ほしこうどう》氏に書いていただき、映画が完成した後、小泉堯史《こいずみたかし》監督から贈られたものだ。額装して書斎にかけており、執筆中はいわば後ろから題字に見守られている。

拙作の『蜩ノ記』は直木賞を受賞した思い出深い作品だ。

主人公の戸田秋谷《とだしゅうこく》を役所広司《やくしょこうじ》さん、秋谷の監視役となった若侍、檀野庄三郎《だんのしょうざぶろう》を岡田准一《じゅんいち》さんという配役で映画化されるという幸運にも恵まれた。

映画の冒頭を飾る題字には、物語の雰囲気が込められており、小泉監督から贈っていただいて感激した。しかし、わたしが感動したのはそれだけではなかった。

小泉監督は黒澤明監督の助手を二十八年間にわたって務めた黒澤組出身の映画監督として知られている。小泉組の撮影スタッフも黒澤組出身が多い。映画の撮影が行われた際、ロケを見学させていただいたのだが、そのおりに小泉監督やスタッフからうかがった話が大変、興味深かった。

物語の主人公、戸田秋谷は、山中で藩の歴史書である家譜《かふ》を記している。わたしは福岡県出身なので福岡藩主、黒田家の藩史をまとめた「黒田家譜」をイメージしていた。

小説としては、家譜と書くだけでいいのだが、映画になると秋谷と庄三郎が会話する場面で部屋の隅にうずたかく積まれた家譜が実際に映る。

秋谷がいままで書いた家譜を庄三郎に示した際、画面に映るのは数ページだけである。当然、そのほかは白紙であってもまったくかまわないはずなのだ。

ところが、黒澤組の伝統であるこだわりではそれが許されない。

小泉監督は黒澤作品の中で「赤ひげ」の撮影でのエピソードを話してくれた。

主人公の赤ひげは医師である。だから、家は診療所であり、薬棚がある。

薬棚は引き出しになっており、その中に薬が入っているという設定だ。しかし、薬棚の引き出しが開けられて薬袋が取り出される場面はない。

だから薬棚の中は空っぽでもかまわないのだが、引き出しの中に実際に薬袋を入れておくのが黒澤組のやりかただったという。

「蜩ノ記」で撮影に使われた家譜は、およそ百ページの本稿十六巻とこれを清書したものが十八巻。ほぼ同じ厚さの日記（「蜩ノ記」）も十巻という設定だ。

撮影に際してこの膨大な書のすべてのページにきちんと文字が書かれた。「新訂黒田家譜」などの家譜資料を集め、これらを参考に文章を作り、日記も現存する江戸時代の日記を参照して創作したという。それを星弘道氏が特任教授を務める大学で書道を学んだ卒業生が筆耕《ひっこう》した。

小泉監督によれば、「秋谷と庄三郎が書いたり、読んだりするものだから、本物でないといけない。そうでないと二人の芝居も違ってくる」そうだ。

さらに映画の中で筆をとるシーンがあるため、演じる役所さんと岡田さんは書道の練習まで課せられた。

星氏が実際に筆で書く様子をビデオ収録して、これを二人に見せて練習してもらったらしい。

見えないところまで作ることで、俳優に現場のリアリティを感じさせるのが黒澤組から引き継いだ小泉組の伝統だという。

書道だけではない。岡田さんは、撮影開始の半年前から天真正伝香取神道流の道場に通って居合《いあい》を習った。

また戸田秋谷の娘役だった堀北真希さんは所作を学ぶため小笠原流の稽古を積んだらしい。

映画作りとは、そこまで徹底的に行うものなのか、と驚いた。だが、創作とはもともと本物を限りなく目指すものなのかもしれない。

その意味では、わたしにも『蜩ノ記』に込めた本物がある。

エッセイなどで何度か書いているこ となのだが、わたしは学生時代、福岡県の筑《ちく》豊《ほう》で炭坑労働者を書き続けた上野英信さんという記録文学作家を訪ねたことがある。

上野さんは旧満州の建国大に在学中、学徒召集に応じ、広島で被爆。戦後、京大を中退し、筑豊や長崎で炭坑夫となった。

詩人の谷川雁《がん》や森崎和江らと「サークル村」を創刊、労働者の文化運動に取り組んだ。

中小炭鉱の炭坑夫たちの記録を書き続け、坑夫たちの足跡を追って中南米や沖縄にも赴《おもむ》いた。『追われゆく坑夫たち』『地の底の笑い話』『眉屋私記《まゆやしき》』などの作品がある。

上野さんは福岡県鞍手《くらて》郡《ぐん》鞍手町の自宅を「筑豊文庫」と名付けて学者、ジャーナリスト、学生に開放していた。筑豊に関心を持って訪れる者はだれ一人拒まず、奥様の晴子さんの手料理と焼酎でもてなし、一晩を語り明かした。

上野さんをお訪ねした際のわたしは一介の学生に過ぎず、何者でもなかった。それなのに一人前の相手のように真摯に接してもらったことがいまも胸に残っている。

『蜩ノ記』を書いているとき、上野さんのことを思い出したわけではなかった。

ただ、上梓した後、山の中で文章を書いている尊敬すべきひとを訪ねた経験は自分にもある、とふと思い出した。

小説の中で若侍の庄三郎は秋谷の人柄にふれるにしたがって尊敬の念を強め、ともに行動したい、と考えるようになる。

ああ、これはかつて上野さんに抱いた自分自身の気持だ、と気づいた。

同時に複雑な思いも浮かんだ。学生時代、上野さんに会い、自分もこんな生き方がしたい、と思った。

しかし、清貧に甘んじ、炭坑労働者に寄り添い、苦闘する上野さんの生き方におよぶべくもなかった。

自ら、努力するところが無かったとは言わないが、なしえたことで言えば何もない。

かつて上野さんに憧れた自分自身を振り返れば恥じ入るばかりだ。

それでもいまになって思うのは、小泉組のスタッフが家譜と日記を白紙にしないで文字で埋め尽くしたように、わたしにとって、秋谷が書いたものは白紙ではなかったということだ。

秋谷が筆をとって書き記したものは、上野さんが書いた炭坑労働者の記録であり、作品ではなかったか。

そのことを思うと、小説はフィクションだが、書いていることは決して嘘ではないのだ、とあらためて思う。

わたしは歴史、時代小説を書いており、歴史上に実在した人物や架空の人物が主人公だ。小説の中で起きている事件やひとの思いがそのまま事実であるわけではない。

だが、描いているのは、私が生きてきて、上野さんのように実際に会ったひとであることが多い。

実際に剣を振って戦うわけではないにしても、人生において組織の矛盾や社会悪と闘うひとを見てきた。

無論、人生で敗れたひと、自らの弱さから逃げられなかったひとも数多く見てきたのは言うまでもない。

そんなひとびとを虚構に仮託して描いてきたように思う。

黒澤組の映画作りのこだわりとわたしの創作方法は遠いところにあるわけではないようだ。「赤ひげ」の薬棚の引き出しに入っていた撮影されることのない薬袋は、わたしにとって上野さんを訪ね、焼酎を飲みつつ語った夜の思い出なのだ。

（「淡交」二〇一七年十月号）

勇将の「静謐」

お茶はにがてといってもお点前でいただくお薄、濃茶が苦手なのではない。運動神経が鈍いせいか、作法が苦手なのだ。黙って出されたお茶を飲むだけなら、これほど結構なものはないと思っている。ひと口、含めば、

――静謐《せいひつ》

の味わいがするではないか。それは、人生で何事も起こらぬ安穏《あんのん》な静けさではない。何事かと真剣に対峙《たいじ》した後の静寂だ。

先日、福島県の棚倉《たなぐら》町に行った。

戦国時代の武将、立花宗茂《たちばなむねしげ》を主人公にした拙作『無双の花』のご縁で宗茂の旧領である棚倉での催しに招かれたのだ。

武将に詳しい方なら宗茂が九州、福岡県の柳川十万九千余石の大名だとご存じだろう。豊臣秀吉の九州攻めのとき、秀吉に属した。このため秀吉から、徳川家康の

家臣、本多忠勝とともに武勇を讃えられ、

――西国無双
と称された。その宗茂がなぜ、東北の玄関口とも言うべき棚倉町にいたかと言えば、関ヶ原の戦で石田三成の西軍に属したためである。

宗茂自身は大津城を攻め落としただけで関ヶ原の戦には加わっていなかったものの、領地を没収され、浪々《ろうろう》の身となった。

その後、徳川家に仕官がかなったが、当初は五千石の旗本だった。秀吉から「西国無双」と称えられた勇将としてはいかにも不遇だった。

関ヶ原合戦から三年後、慶長八年に奥州南郷（現在の福島県南部）でようやく一万石を与えられた。その後、三万石まで加増されたが、あくまで小大名である。

さぞや不平満々かと思いきや、このころの宗茂の手紙などを読むと、翳《かげ》りなく加増を喜ぶ気持が現れている。

このあたりの心境が面白い。

こんなエピソードがある。宗茂と仙台の伊達《だて》政宗《まさむね》は同じ年に生まれた同年である。徳川の世が定まり、天下泰平となっても鬱勃《うつぼつ》たる野心が治まらぬ政宗は江戸城での酒宴などで泥酔し、しばしば荒れて不満をぶちまけ、世話をする小姓たちを困らせたという。

そんなとき小姓たちは二代将軍秀忠に近侍していた宗茂を呼びに行った。酔虎と化していた政宗も宗茂がなだめるとおとなしくなったという。宗茂の武将としての力を認めていたからだろうし、同時に、宗茂が我慢しているのだからと政宗は胸をなだめたのではないか。

そして、これが茶の心ではないか、と思うのだ。

宗茂は連歌《れんが》や書道、香道、蹴鞠《けまり》、狂言、能楽、笛、舞曲などにも素養が深い文武両道の武将だった。

しかも元々の居城である筑前《ちくぜん》、立花城は博多に近い。博多の豪商と交流があったためか、茶の湯には若いころから親しんだ気配がある。秀忠や三代将軍家光の茶席に連なることもしばしばであり、利休の高弟であった細川忠興《ただおき》は息子の忠利《ただとし》への手紙で、

――すき存ぜざる者は何かと申す物に候間、飛州（宗茂）御存分の通一段然るべく候

と書いている。「すき」、つまり茶の湯のことについては、宗茂の思う通りにまかせるべきであるとしているのだ。

宗茂の茶の素養をうかがわせる逸話だ。

ところで棚倉での催しでは、柳川市の立花家史料館の植野かおり館長とともに宗茂の魅力について語った。わたしが思う宗茂の魅力は、普通のひとの感覚を持ち、それを貫いたことにある。

だが、それだけではない。会場でも話したのだが、宗茂の妻は誾千代《ぎんちよ》という魅力的な女性だ。大友宗麟《そうりん》に仕えた名将、戸次《べっき》（立花）道雪《どうせつ》の娘である。

誾千代は父、道雪から立花城を譲られており、NHK大河ドラマの主人公、井伊《いい》直虎《なおとら》と同じ、

——おんな城主

だった。やはり大友家に仕えた武将、高橋紹運《じょううん》の息子だった宗茂は婿入りする形で立花家を継いだ。

宗茂と誾千代の夫婦仲はよかったのか。

悪かったともいう。

宗茂が秀吉に気に入られ、柳川に封じられると誾千代は筑前の立花城を出なけれ

ばならなかったことが不本意だったようだ。城に入らず、城下の宮永という地に居館を構えて別居し、

——宮永殿

と称された。別居の理由はさだかではないのだが、夫婦仲が険悪というよりも、秀吉に見出され出世していく宗茂に対して立花城主だった自らの矜持《きょうじ》を守ったのではないかと思える。

関ヶ原合戦の後、東軍についた肥後《ひご》の加藤清正が柳川に攻め寄せると、誾千代は侍女たちやかつての家来を集めて武装させ、加藤勢を迎え撃つ気概をしめした。このためさすがの猛将清正が誾千代の館を避けて通ったという。

誾千代は宗茂が浪々の間に病死する。後に柳川に戻った宗茂は誾千代のために寺を建て霊を手厚く弔っている。

現代で言えば若くしてベンチャー企業を華々しく立ち上げ、成功したものの不運に見舞われ、会社を倒産させた経営者と、心は通じ合うものがありながらプライドの高さゆえに関係がぎくしゃくしてしまう妻の物語のようだ。

宗茂は若くして悟りすましていたわけではない。人間的な悩みもあり、苦悩する日もあっただろう。

関ヶ原の敗戦からの喪失と再起。それは誰かに似てはいないか。第二次世界大戦の敗北ですべてを失い、戦後、経済成長をとげて再起した日本人自身だ。

その時、私たちは宗茂の心を見失っていなかったか。

そのことが気にかかる。

ともあれ宗茂の柳川への再封が決まったのは、元和六年（一六二〇）、関ヶ原から実に二十年ぶりのことだ。

かつて三十四歳の少壮武将だった宗茂は頭に霜《しも》を置く五十四歳になっていた。宗茂が柳川に戻れたのは幸運だった。しかし、宗茂はめぐりあわせにも浮かれることなく、淡々と旧領にもどったようだ。

思いがけぬ関ヶ原の敗戦から、浪々の身の屈辱、さらには故郷の九州を遠く離れての東北の小大名としての十数年の日々、その間に宗茂に焦慮《しょうりょ》や煩悶《はんもん》がなかったはずはない。

しかし、宗茂はどこかでそれを乗り越えていったのだ。だからこそ、荒れる伊達政宗を鎮《しず》めることができたのではないか。

宗茂の心の内には、茶で培《つちか》っただけではないにしても、人生の厳しさと対峙し、内面を深めたことによる静謐があったに違いない。

茶室で静かに茶を喫する宗茂の姿を想像して見よう。戦場では輝かしい金甲のかぶとの兵を率いて戦い、負けを知らなかった武将である。それがいまは苦難の末の運命を受け入れ、何者も恨まず、自らに悔いも持たず、ただ茶を喫するのみなのだ。

あるいは、このような心境をこそ、茶の湯で言う、

——和敬静寂

ではないかとも思う。

さて、初めて棚倉を訪れたが、九州育ちのわたしには、ホテルの夜が冷え込んで感じられた。宗茂もそうだったかもしれない。

寒いのも苦手だ。


（「淡交」二〇一八年一月号）

お茶の作法

お茶は苦手だ。

抹茶がではない。お茶の作法がどうにも苦手なのだ。元来、運動神経が鈍いので、ひとに動作を見られていると思うとたんに動きがぎこちなくなる。

だから、茶会などに出たいとは思わないのだが、幸か不幸か時代小説を書いているとお茶の場面を描かなければいけないことがある（というより、わたしの場合、お茶の場面がやたらに多いのだ）。

それで編集者の紹介で畏れ多くも流派の家元にお茶を点てていただいたりする。作法についてはいくら本で読んでも身につかないから、あきらめていて、できればまわりのひとに不快感を与えなければいい、と思っている。しかし、お茶の前に懐石料理から出たときには、焦った。

わたしは兄弟がいない一人っ子で、両親は忙しかったから、子供の頃、ひとりで食事をすることが多かった。だから、食事の作法というものが身についていない。この年齢になっても箸の握り方がおそらくおかしいし、食事しながら文庫本を読んだりする。

　だから懐石料理には手も足も出ない。

　家元のお弟子さんにどうしたらいいのかひそかに訊きつつ、食べていく。大変、おいしいのだが、落ち着かず、椀のふたの置き場所がわからない。何から箸をつけるのか、と思いつつ、迷い箸をしてしまう。吸い物の豆腐をつかもうとしてうまくいかず、椀の中が白くぐちゃぐちゃになる。日頃はしないのに、箸の先をなめている。

　汗だくになりながら、食べ終えるとお湯が出て、湯漬けにするのだ、と言われた。そのときになって、禅寺では食事の最後にお湯をいれて椀をきれいにするな、と思い出した。

　曹洞宗を開いた道元禅師が、若かりし頃、中国、当時の宋に渡った際、港で老僧に出会った。この老僧はある寺の典座《てんぞ》（食事係）で港に饂飩《うどん》を買いに来たのだ。道元はこの老僧と話したいと思ったが、食事の準備があるからと断られた。道元が食事の支度など若い僧にまかせればいいではないですか、と言うと「あなたは何もわかっていない」と大笑いされた。また、同じように道元が宋の寺をまわっていて、ある老典座が暑い日に汗だくになって海藻を干すのに苦労しているのを見て、若い僧にしてもらったほうがいいのでは、と言うと、

――他は是我にあらず、さらに何れの時をか待たん

と一喝された。自分でやらねば修行にならない、今やらずして、いつやるのだ、というのだ。これによって悟りを得た道元は、帰国した後、禅宗での食事の作法を説く『典座教訓』を遺した。この中で忘れてならないものとして、

――三心

がある。喜びと感謝の気持ちで、もてなす〈喜心〉、親が子を思うように相手の立場を考え、親切を尽くす〈老心〉、大山や大海のようにとらわれや偏りを捨てる〈大心〉の三つである。

美味しい懐石料理やお茶をいただくということは、これらの心をいただくということなのだろう。そう悟れば、茶席での無様を恐れず、むしろ楽しんで自ら笑い飛ばすほどであることが、生きている時間を楽しみ、味わいつくすという茶の心にかなうのだと思えてくる。そうは言っても、すぐに自在な心境になれるはずもない。

濃茶を出され、作法通りに味わったが、用意していた懐紙で縁をぬぐうのを忘れ

た。

うむ、と思った。失態は失態である。いまさら、取り返しがつかない。

いましがたの悟りで〈大心〉になるかと思ったが、急場では心の準備ができておらず、そうもいかない。できれば、忘れたい、と思った。ひとは追い詰められた土壇場では常に自らを向上させるより、必ず安易につこうとする。忘れることほど楽なことはないではないか。

だが、忘れるという字は「亡」の下に「心」と書く。「亡」は手足を折り曲げて葬られた死者の骨の形だという。そこから見えなくなる、隠れるという意味があるそうだ。一方、心は心臓の形だという。

心臓、あるいは心を見失うことが、忘れるということなのだろう。それでよいのか。

さらに考えてみると、茶席で恥をかくのを恐れるのは同席しているひとへの信頼が足らないからだ。

ひとを信じるのは、勇気によってだ。つまるところ、わたしは人生の勇気が足りないのだ。そこまで考えると、体面を取り繕おうとするのもいかがなものかという気がして、とりあえず家元に黙って頭を下げた。

失礼しました、という心は通じているはずだ。お茶なのだから。

（「別冊太陽　茶の湯」二〇一七年六月）

藤原不比等

理想の官僚政治家

古代において、最も傑出した政治家をあげよ、と言われれば間違いなく藤原不比等だろう。大宝律令を完成してわが国を成文法による政治社会に引き上げ、貨幣の鋳造を行い、経済の発展を試みた。

後の世の政治家で言えば戦国時代を終焉させた徳川家康、明治国家を造り上げた大久保利通に匹敵する国家のグランドデザインを持った政治家だった。だが、同時に家康や大久保と同じように英雄としての人気はあまりない。いわば国民受けする政治家ではない。

こつこつと積み上げていく実務家肌の人物の常でもあるが、不比等の場合は、その後の藤原氏が天皇家の外戚となり、永く権力を保った歴史も反映している。しかし、不比等の政治家としての道は安穏なものではなく、堅忍不抜、努力を怠らなかった。

言うならば平和の時代に国家を築き上げる官僚政治家の理想像であったことは見ておかねばならない。不比等が厳密に自らを律したのは、あるいは父中臣鎌足《なかとみのかまたり》の存在があったからかもしれない。

鎌足が中大兄皇子《なかのおおえの》（後の天智天皇）とともになしとげたとされる「大化の改新」については疑問視されているからここではふれない。ただ、中大兄皇子が、当時、権勢を振るっていた蘇我入鹿《そがのいるか》を暗殺し、蘇我氏一族を打倒する際の腹心であったことはやはり疑えないだろう。

鎌足と中大兄皇子は大化元年（六四五）五月にひそかに多武峰《とうのみね》にて密談し、蘇我氏打倒の秘策を練ったとされる。ふたりが話し合った場所は「談い山《かたらやま》」「談所ヶ森《だんじよがもり》」などと呼ばれた。おそらくわが国で最初の政治的な陰謀であり、それまでの王権の支配が、「政治」にとって替わられた初めての談合であった。わが国での最初の政治は、権力者、蘇我入鹿の暗殺という血塗られたものであったことは何事かを象徴している。そして、不比等が成文法による国家統制へと向かったのは、この血に染まった記憶から逃れたかったからではないか。

不比等は後に兄の定慧《じょうえ》とともに談山《たんざん》神社十三重塔を建立して父を偲ぶ。だが、胸中には、むしろ鎌足が行った政治への訣別の思いがあったかもしれない。

ところで、不比等は幼少のころ、田辺史《たなべのふひと》家で養育されていた。

この時期、朝鮮半島では唐の圧迫で高句麗が衰退し、一方新羅が勃興してわが国と親交関係にあった百済が滅びようとしていた。国際緊張が高まり、鎌足にはわが子を顧みる余裕がなかったのだろう。

わが国の百済救援軍は白村江《はくすきのえ》で唐の水軍に敗れた。天智天皇は近江京に遷都して国内体制をととのえ、唐、新羅軍の侵攻に備えた。このとき、不比等は数えで九歳。戦争の臭いがただよう、物々しさの中で少年期を迎えていた。父、鎌足が亡くなったのは、二年後、不比等が十一歳のときだ。

その後、不比等は二十歳のころ、朝廷に出仕したものの、青年期の事績はほとんどわからない。この間、天智天皇が崩御し、〈壬申の乱〉によって近江朝が滅び、天武天皇の世となった。

鎌足の死後、中臣一族の族長であった中臣金《なかとみのかね》は近江朝の右大臣として斬刑に処せられていた。不比等はいわば〈政界の孤児〉としてひっそりと生きるしかなかった。さらに、不比等は二十四歳のとき、乳飲み子ふたりを残して正妻の娼子《しょうし》を亡くしている。

朝廷での不遇と家庭の不幸が重なり、不比等は人生の辛酸を味わった。不比等がようやく頭をもたげるのは三十歳、天武天皇が亡くなり、持統天皇の世となってからである。

天武天皇の皇后から帝の位を継いだ持統天皇は政治経験の少ない女性の身として、優秀な官僚を求めていた。

これに十年間、実直に官僚として勤め上げ、力を十分に蓄えていた不比等が応えたのである。持統天皇は天智天皇の娘であり、天武天皇の世では忌避された近江朝の重臣の子であるという不比等の血筋も問題にされなかった。かつての天智天皇と鎌足のコンビの再現でもあった。

不比等は順調に出世を重ねた。持統天皇十一年（六九七）、わずか十五歳の文武《もんむ》天皇に譲位が行われると、不比等は娘の宮子《みやこ》を天皇の夫人とした。これによって不比等は天皇の外舅《がいきゆう》として、少年天皇を補佐し、朝廷に盤石の権勢を築くことになった。

不比等は数えで四十歳、不惑の年齢になっていた。慶雲四年（七〇七）六月文武天皇が崩じた。すぐに即位したのは文武天皇の母、元明《げんめい》天皇だった。元明天皇は天智天皇の第四皇女で草壁皇子の妃となって文武天皇を産んでいた。皇后が天皇の崩御後、皇位につくことはあっても、子の天皇のあとを母が継いだのはこのときだけである。

かつてない事態だけに朝廷の権威は大きく揺れようとしていたが、これを鎮めたのが不比等だった。このころ不比等の娘、宮子が首皇子《おびと》（後の聖武天皇）を産んでいた。不比等にとっては外孫である。首皇子が天皇になれば不比等は帝の外祖父となるのだ。言うなれば皇統の簒奪《さんだつ》すら望める立場になっていた。

不比等はこの好機を逃さなかった。まだ幼い首皇子が帝になるまで祖母の元明天皇を懸命に支えることにした。不比等が巨大な権力を握っていった秘密がここにあった。女帝や少年天皇に仕えて政治を行い、さらに自らの血統の天皇を作ろうとしたのだ。

和銅三年（七一〇）、平城京への遷都が行われた。中国の唐の都、長安を模して造られたとされる平城京は、真ん中を南北に約三・七キロの朱雀大路が貫く。道路の脇には柳や槐《えんじゅ》などの街路樹が植えられ、高く築かれた築地塀《ついじべい》（坊垣）が続いた。

この都の東には皇太子となった首皇子が住む東宮に隣接して不比等は豪壮な邸宅を構えた。和銅八年（七一五）九月、元明天皇は皇位を自らの娘の氷高《ひだか》皇女に譲った。文武天皇にとって三歳違いの姉、元正《げんしょう》天皇である。またしても女帝だった。元正天皇もまた首皇子が天皇になる日まで帝の座を守ろうと即位したのだ。その元正天皇を不比等が支えるという構図はまったく変わらなかった。

不比等は孫の皇太子に寄り添うように邸宅で見守り、即位の日を待った。このころの平城京は、

――不比等の都

でもあったのだ。

〈女帝の世紀〉の演出者

藤原不比等の政治家としての最大の特徴は女性の活用にすぐれていたということだ。

政治への女性起用率では日本史でもトップだろう。それは現代の内閣において何

人の女性閣僚を作るといったような、ちまちまとした話ではない。

女性をトップとして政治を行ったのだ。女性天皇の持統天皇によって見出されて官僚として出世した不比等にとっては当然だが、トップが女性であることのメリットを熟知していたに違いない。

不比等が仕えた女帝は持統、元明、元正天皇だが、不比等没後の女帝、孝謙（称徳）天皇は不比等の孫である。不比等はいわゆる〈女帝の世紀〉の演出者だった。不比等は大宝律令を完成させていくだけに、特に論理的な思考に長《た》けた人物であり、なにより理性的な人格だったのではないかと思える。

女帝は女性だけに公正を好み、情が濃く、細やかだった。そんな女帝のもとで、理性のかたまりのような不比等が政治の実権を握ることで、国造りを行っていったことは、歴史的な奇観であったとも言える。あるいは、このようにして不比等の時代に根づいた情と理性のバランスのよさがわが国の本質となったのかもしれない。

だが、なぜ不比等がこれほど女性活用に長けていたかというと、プライベートに秘密があったようだ。最初の妻を若くして病で亡くした不比等はその後、宮中に仕える当時のキャリアウーマンとも言える女官の県犬養《あがたのいぬかいのたちばなのみ》（橘）三千代《ちよ》を妻とする。

実は三千代は敏達《びだつ》天皇系王族の妻であり、二男一女を生んだ。不比等と出会ったときの三千代は人妻だったはずだが、その後、夫は九州に赴任した。それが不比等の差し金であったかどうかはともかく、ふたりは正式の夫婦となった。ふたりの関係のスタートが三千代の離婚後なのかどうかはよくわからない。しかし、不比等が出世の階段を上りつつある男で三千代も女官として宮中で力を持ち、何事かをなそうという意欲を持っていたことは間違いない。

ふたりを最初に結び付けたものは、やはりおたがいの野心だったのではないか。不比等は自らの娘である宮子《みやこ》を持統天皇から譲位された文武天皇の夫人にしようと考えていた。この企みを実現し、しかも夫人としての宮子の地位を安定させるためには宮中で力のある女官の協力が必要だった。

このために不比等が近づいたのか、あるいは三千代の方が不比等を見込んだのかは定かでない。しかし、少なくともふたりが意気投合したことで宮子はスムーズに夫人となることができた。宮子は首皇子《おびとのおうじ》を生んだ。これによって不比等は自分の血を引く首皇子を天皇にするという大きな政治目標を持つことができた。ところが慶雲四年（七〇七）に文武天皇が崩御した。まだ二十五歳という若さだった。

これは、不比等にとって計算外の出来事だった。当時、首皇子はまだ七歳。天皇に即位させるわけにいかなかった。このまま、ほかの系統から天皇が即位すれば、首皇子は天皇になることができない。どうしたものかと悩んだとき、三千代が女官ならではの名案を囁いたのではないか。

文武天皇の没後、母親の元明天皇が即位した。元明天皇はこのとき四十七歳。持統天皇が天武天皇の妻であったのに比べ、母親が息子の天皇位を引き継ぐという、かつてない事態だった。

元明天皇はやがて娘の元正天皇へ位を譲る。すべては首皇子が成長して即位するのを待つためだったが、母から娘へのリレーもまた異例のことだった。しかし、このやり方は不比等にとって大きな狙いがあった。

女帝たちは、いずれも首皇子の即位という目標で一致しており、自らがとって替わるという野心を持つことがなかった。それだけに譲位というバトンタッチもスムーズだった。だが、このような構想はできても、その実現が保証されていたわけではない。

元明天皇と元正天皇にしても自分の孫であり、甥である首皇子を一日でも早く即位させたかっただろう。だが、天皇位につくのはあまりにも重責であり、大きな決意のいることだった。当然、ためらいもあり、悩みもしたはずだ。ふたりが途中で投げ出せば、不比等の目論見も頓挫する。そんなとき、女帝のそばにいて励まし、支えたのは、永年、宮中で元明、元正天皇に仕えてきた三千代だった。三千代は不比等と女帝の意思の疎通を図ったはずだ。

逆に言えば三千代の内助の功がなければ不比等の政治は実現しなかったのではないか。だが、それは三千代が不比等に尽くしただけのことではないかもしれない。なぜなら不比等は、三千代との間に生まれた娘、光明子を首皇子の妻としていた。

このとき、不比等の野望は三千代の夢ともなっていたのだ。自らの娘が皇后となった姿は、宮中に仕えてきた三千代にとって何よりも目にしたいものだった。光明子が産んだ子が天皇になるという可能性も三千代をさらに奮い立たせたに違いない。三千代の献身には十分な理由があった。

やがて首皇子は不比等の念願通り、即位して聖武天皇となる。光明子もまた、臣下の娘として初めて皇后になった。その後、光明皇后の娘が孝謙（称徳）天皇となり、女帝として政治を行う。それは不比等と三千代がパートナーとして力を合わせて築き上げた女帝というシステムの完成だった。

この有能な夫婦は自らの夢の実現のために〈女帝の世紀〉を作り上げていった。

だが、ふたりをただ野心にまみれた夫婦だと見なしては公平ではないだろう。不比等は藤原氏の氏神を、平城京の守り神として三笠山に祀り、「春日の神」と呼んだ。これが春日大社の始まりとされる。〈壬申の乱〉を経験した不比等には、この世を安寧に導きたいという真摯な思いが強かったのだ。春日大社にはその祈りが込められている。また、三千代も信仰心が厚かった。このことを知る娘の光明皇后は三千代の没後、追善として興福寺の西金堂《さいこんどう》を造営した。興福寺も不比等が創建した寺院であり、娘の光明皇后は父母が力を合わせて大事業をなしとげたことをよく知っていたのだ。

「法治」の礎を築く

藤原不比等の名は、「史《ふひと》」の一字で表記するほうが正しいのかもしれない。不比等の生前や没後間もなく編纂《へんさん》された『日本書紀』、『家伝《かでん》』、『懐風藻《かいふうそう》』などには、いずれも「史」とされているからだ。仏教には、名詮自性《みようせんじしよう》という言葉がある。名は体を表す。名は自らの性質を備えているという意味だ。『尊卑分脈《そんぴぶんみやく》』の「不比等伝」によれば、

——公は避くる所の事有り、すなわち山科の田辺史大隅《たなべのふひとおおすみ》等の家に養う。其れを以て史と名づくるなり

とされている。不比等は幼いころ、ある事情があって田辺史大隅の家で育てられた。どのような事情があったのかはわからない。だが、田辺家が史というカバネ（姓＝朝廷が豪族に授けた身分を表す称号）で示されるように、記録を担当した家柄で学問に明るく、朝鮮半島や中国の事情にも通じていたことが、後の不比等にとって大きく役立ったと想像できる。だとすると、「史」という名ほど、藤原不比等にふさわしい名はない。古代において活躍した「藤原史」という政治家の事績がいまに伝えられていると考えたほうがいいのではないだろうか。そのことが最も表れているのは、

——年号

である。よく知られているように、不比等の父、藤原鎌足が中大兄《なかのおおえの》皇子（天智天皇）とともに行ったとされる大化の改新の際に「大化」という年号が用いられた。だが、これを否定する学説もあって、定かではない。しかし、不比等は年号についての知識が深く、政治的にも重要だと思っていたようだ。年号を建てるのは天皇の代替わりの際や災害があったときなどがあるが、不比等は一貫して、

――祥瑞改元《しょうずい》を行った。すなわち、大宝、慶雲、和銅、霊亀などである。たとえば金や銅が産出したとか、この世に良いことが起きる兆《きざ》しが現れたなどということによって年号を定めたのだ。天皇の代替わりで年号を変えるのは、この世が天皇によって支配されているということを示すものだ。現代の明治、昭和、平成など漢籍から言葉を選ぶ年号は理念的である。

良いことが起きたから年号を変えるというのは、見方を変えれば、素朴に過ぎ、迷信的ともとれるかもしれない。しかし、理念で国を治める、という考え方だけで十分なのかと不比等は考えたに違いない。現代でも民主主義などの抽象的な政治の言葉は、理念として正しくとも現実には上滑りしやすいのではないだろうか。人間は理念通りには動かない。矛盾を抱え、時には過ちを犯すものだからだ。そのことを見ないのは政治ではない。

不比等の行った祥瑞改元は、この世が良くあって欲しいという願いを天皇をはじめ、朝臣《ちょうしん》や民が抱くということであって、毎年のように台風や地震などの災害に悩むわが国にとっては必要なものだった。

いわば「祈り」である。

不比等は年号を改める改元が流行病《はやりやまい》を終息させ、災害を防ぐことに効用があると思っていたのだ。それは政治家として何を大事にしていたかということでもあった。不比等は人間の愚かさやいたらなさを熟知していたのではないか。同時に不比等は現実的な政治家として、わが国を、

――法治国家

にした。不比等は、まず浄御原《きよみはら》律令を守るべく努力し、さらに大宝律令を編纂、実施に努力して律令政治を定着させた。特に不比等が晩年に編纂した養老律令は、天平宝字元年(七五七)、孫の藤原仲麻呂によって施行される。大宝、養老律令は明治維新まで約千二百年間にわたって、わが国の基本法典となるのだ。

ところで、第二次世界大戦で徴兵されて特攻兵器、人間魚雷回天に搭乗した経験を持つ哲学者の上山春平は、著書『埋もれた巨像―国家論の試み』で不比等が目指したものが、中国風の「革命の哲学」ではなく「非革命の哲学」だったのではないかとしている。『日本書紀』には国津神《くにつかみ》系が天津神《あまつかみ》系(天孫降臨系)に戦闘をせずに、国譲りをしたと記されているからだという。このことは、不比等が幼少期に

〈壬申の乱〉という近江朝から、天武朝への〈革命〉を経験していることと合わせて考えるとわかりやすい。

大海人皇子《おおあまのみこ》が近江朝に対抗し、力によって天皇の位を得たことは、近江朝に属した不比等にとって大きな悲劇に感じられたのではないか。将来にわたって天皇が戦争によって替わっていくのであれば、この国の発展はないと不比等が考えたとしても不思議ではない。

軍事力によって国の支配者が替わっていくことを防ぎたいと不比等は思った。だからこそ、年号には「祈り」を込め、軍事力ではなく法の支配による法治国家の建設に全力を傾けたのだ。

不比等の願いは実現し、わが国は革命の起きない国となったとも考えられる。

それは同時に藤原氏が政治権力を握ることでもあった。だが、不比等にとって、それは藤原氏が皇室の藩屏《はんぺい》となるということにすぎなかったのかもしれない。権力を握った朝臣はまた、別の朝臣によって倒される。それは権力者の交代にすぎず、国を二分した軍事衝突にはならない。そのことをむしろ、不比等は望んだのだろう。

もし不比等がわが国の歴史を作ったと考えるならば「史」の名前がふさわしいとあらためて思い起こされる。わが国の歴史の発端に不比等は立っていると言える。

ところで不比等の没後、娘の光明皇后は不比等の邸宅跡に法華寺と海龍王寺を建立した。特に大和三門跡に数えられる総国分尼寺の法華寺は、法華滅罪の寺と称され光明皇后をモデルにしたといわれる国宝の木造十一面観音立像が安置される。

十一面観音は苦しんでいる人を見つけるために頭の上に十一の顔があり、全ての方向を見守っているという。それぞれの顔は人々をなだめ、あるいは怒り、励ましており、現世利益と死後成仏のご利益がある。

菩薩の中でも十一面観音はすべての人間を救うまでは、菩薩界に戻らず、現世に留まり続ける。

――救わで止《や》まんじ

という悲願を立てているのだ。その悲願は不比等に通じるものがあるのではないだろうか。

（「Kintetsu News」二〇一六年九〜十一月号）

北九州の思い出

北九州の小倉にいたのは小学校五年までだ。だから思い出は子供時代で止まっている。

それでも何となく思い浮かぶのは近所の家が鶏を庭で飼っていたことだ。遊びに行っては鶏小屋の中をのぞき、産みたての卵を見てうらやましかった。だからなのか、森鷗外の短編でも「鶏」が好きだ。

鷗外が小倉に左遷されたことは有名だが、「鶏」は鷗外を思わせる石田少佐が小倉に赴任した場面から始まる。

徳山と門司との間を交通している蒸汽船から上陸し、汽車で小倉へ向かう。旭町の遊郭、紫川の鉄道橋、小倉の停車場に着く。室町の宿屋に泊り、町の南にある生垣で囲んだ相応な屋敷の借家に入るのだ。

小倉での鷗外は別当（馬丁）や下女が卵や米を持ち出しているのを知って不快な

思いをする。しかも隣家の女から罵言を浴びる。

――豊前には諺がある。何町歩とかの畑を持たないでは、鶏を飼ってはならないというのである。然るに借家ずまいをしていて鶏を飼うなんぞというのは僭越また甚しい。サアベルをさして馬に騎っているものは何をしても好いと思うのは心得違である。

相手が軍人だからといって遠慮しては沽券にかかわる、と市井《しせい》の女房でも思っているのだ。後の文豪、鷗外もかたなしである。それだけに、この小説を読むと、昔の小倉の空気を吸った気になる。

馬丁が卵だけでなく、鷗外の米や味噌を自分のものと一緒にして、公然とくすねていると若い女中から聞かされた鷗外は、呆然とするとともに相手の手腕にいささか敬服してしまうのだ。

鷗外と市井のひとびとのやり取りがどこかユーモラスに小倉の町に溶け込んでいる。

それが、いつの間にかわたしの思い出にもなっているのだ。

（「北九州市立文学館　第21回特別企画展　ブンガク最前線―北九州発」
二〇一五年十月～二〇一六年一月）

銀座の雪

このエッセイは銀座で書いている。

三越や松屋デパートにほど近い銀座四丁目のホテルに泊まり、朝食をとり、眠い目をこすりながらパソコンに向かっているのだが、考えてみると九州在住の身には銀座はなじみがない。

銀ぶらをしたこともないし、街並みを眺めるでもなかった。いつもあわただしく仕事をすませて通り過ぎるだけだ。

なにも知らないなあ、と困ってコーヒーを飲んでいた。

もっとも、かつて地方紙の記者をしていたから、明治のころ銀座の煉瓦街には朝野新聞、讀賣新聞、東京日日新聞、東京曙新聞、郵便報知新聞などの新聞社が集中していたことは知っている。

昭和七年の五・一五事件で凶弾に倒れた犬養毅首相も、若き日は銀座の新聞記者で、西南戦争に従軍して迫真のルポを書き、人気を博した。

犬養記者は肩で風を切って銀座を歩いていたに違いない。

また、政治家となった犬養にとって終生のライバルとなった、同じ慶應義塾出身の尾崎行雄も新聞に薩摩を批判する投書をして名を馳せていた。

後に「憲政の神様」などと称せられることになる若き二人は、銀座で流行の牛鍋などをつつきつつ、政治を論じたことはなかったのだろうか。

政治家として戦争の時代を生きた二人から、現代はどう見えるのだろう。

そんなことでも書こうかと迷っていると、ふと、直木賞を受賞した二年前、一月の夜に銀座の「数寄屋橋」という文壇バーに連れていかれ、選考委員の故渡辺淳一さんや北方謙三さんの間に座らされてシャンパンをご馳走《ちそう》になったことを思い出した。

文壇バーに入ったのは初めてで、受賞したばかりの新人は、ひたすら恐縮するだけだった。ちなみに、その後も銀座のクラブに足を踏み入れたことはないから、店の様子などは今もよく知らない。

ただひとつ覚えているのは、この日は小雨が降っており、やがて雪に変わったということだ。

夜が更けるまで、次々に何軒かの店をまわった。どこの店でも祝辞を受け、さらに杯を重ねた。

酔いがまわり、店を出ると真っ暗な空から、はらはらと白い雪が降ってきた。

「銀座の雪だ」

と夜空を見上げるうちに、雪が降りしきる銀座を描いた小説を読んだことがあったのを思い出した。

実を言うとその夜から二年余り、まったく思い出さなかったのだが、銀座のホテルでエッセイを書こうと苦吟していると、ああ、そうだったのか、と頭に浮かんだ。記憶に甦ったのは堀辰雄の小説、『菜穂子』だ。菜穂子という名に聞き覚えのある読者は多いのではなかろうか。

宮崎駿監督の長編アニメ映画「風立ちぬ」のヒロインの名だ。

言うまでもなく「風立ちぬ」という題名は堀辰雄の作品に由来するが、ヒロインの名も、堀の代表作のひとつである『菜穂子』からとられているに違いない。

山のサナトリウムで結核の療養をしている女性が脱《ぬ》け出して東京へ向かうところは、小説の中で菜穂子がとる行動とそっくり同じだ。

宮崎アニメでは夫である堀越二郎と駅で感動の再会をするが、小説の菜穂子は少し違う。

列車に乗ってようやく東京にたどりついた菜穂子は、銀座の裏通りにあるジャアマン・ベエカリの一隅で夫を待ちながら、半ば曇った硝子戸《ガラスど》ごしに、降りしきる雪の中を人々が忙しそうに行き来する姿を見つめている。

やがて菜穂子の前に現れた夫の黒川圭介は、雪が肩に残っている外套を着ていた。不機嫌そうでしばらくはなにも言わない。

菜穂子は娘のころ、母親が森という作家（芥川龍之介がモデルだという）と秘めた恋をしながらも踏み切れなかった過去を持つことに反発した。自らの中に母と同じ「ロマネスクな性の衝動」があると感じる菜穂子は、友人たちから、なぜ、あんな世間並みの俗人である圭介を選んだのか、と不思議がられながら、言わば愛のない結婚をしていた。

幼なじみの青年、都築明は街中で菜穂子を見かけたとき、

「なんだか菜穂子さんはあんまり為合《しあわ》せそうにも見えなかったな」

と思う。明には菜穂子への秘められた好意があるのだ。明はサナトリウムまで訪ねてくる。明に会った菜穂子にも、思いがけない感情のゆらめきがある。読者は二人の間になにかが起きると思うだろう。しかし菜穂子は自分の心を知らず知らずの

間に抑えていた。

自らの意志で普通の結婚生活を選びながら、菜穂子は言いようのない孤独の中にいた。人生を振り返るとき、それでよかったのか、という思いが湧いてくる。

だからこそ菜穂子は、ある決意を持って雪が降りしきる日、東京へと向かったのだ。

なぜ突然、東京に戻ってきたのかと圭介に問われて、菜穂子は、

「雪があんまり面白いように降っているので、私はじっとしていられなくなったのよ。聞きわけのない子供のようになってしまって、自分のしたい事がどうしてもしたくなったの。それだけだわ。……」

と答えるだけだった。すぐにサナトリウムに帰ると口にしながらも、菜穂子は圭介がいまにも、

「誰にも分からないように二人でこっそり暮らそう。……」

と言い出してくれるのではないかと期待する。

だが、圭介はなにも言わず時刻を気にしているばかりだ。

菜穂子は寒々としたサナトリウムに帰るしかないのだ。

索漠とした人生に向かい合いつつ雪の中、サナトリウムを脱出して東京に出てき

た菜穂子は、おそらく以前とは違う人生を歩み出すのだろう。

菜穂子がその後、なにを得るのかまでは小説で語られていない。

（菜穂子はあれからどうしたのだろう）

あの夜、酔ったわたしはそう思いながら、銀座に降る雪を手に受けて口に含んだ。

雪の味までは思い出せない。

（「銀座百点」二〇一四年十二月号）

蕎麦の白い花と百舌《もず》

蕎麦をゆっくりと食べたことがない。

いつも駅のホームや立ち食いそばの店、たまに蕎麦屋に入っても、昼休みの会社員たちと壁の時計をちらちら見ながら、急いで食べてしまう。

地元の博多で麺類と言えば、うどんかとんこつラーメンで蕎麦を食べる習慣がなかった。仕事で東京に行ったおりに「たまには蕎麦でも」と食べるだけだ。

時代小説の世界では蕎麦は欠かせない食べ物だ。池波正太郎さんの『鬼平犯科帳』や仕掛け人藤枝梅安シリーズなどで味わいを添える。

鬼平こと火付盗賊改方の長谷川平蔵は立ち寄った本所、源兵衛橋ぎわの蕎麦屋〔さなだや〕で、近頃、流行り出した天ぷら蕎麦を注文し、出された貝柱のかきあげを浮かせた蕎麦を、ひと口、食べて、

(む……うまい)

などと胸中でつぶやく。居合わせた客が平蔵の姿を鋭い視線で見つめる。名うての盗賊、蛇《くちなわ》の平十郎だった。平蔵の勘働きが、

（あの男、どうも、くさい……）

と告げて物語は始まる。

一方、藤枝梅安の『梅安蟻地獄』で出てくる蕎麦は、「信濃屋の名物は〔寝ざめ蕎麦〕というもので、黒い太打ちの蕎麦を、大根おろしの薬味だけで食べさせる。葱もつかわぬのである」ということになる。

わたしも時代小説家の端くれとして、江戸の蕎麦屋のつもりで店に入り、日本酒を注文して、一、二杯、飲んだ後に出てくる蕎麦に箸をのばし、

（む……うまい）

と味わう姿を誰かに見てもらいたいと思うのだが、なにしろめったに東京に出るわけではない。

蕎麦の名店など知らないし、麵類は気軽に食べるものだという思い込みもあって、入りやすい駅前の店を選んでしまう。

店内の客たちは、もちろん、名うての盗賊ではないものの、仕事の途中で時間を気にしているひとばかりだ。

営業マンらしい会社員は、同僚と食べにきても、会話も少なく、ずずっと蕎麦を啜るが、

（む……うまい）

と思っているようには見えない。かくして、わたしも店に入った瞬間から、タイムを競うように、さっさと食べてしまう。

もともとせっかちで、早食いなのだが、蕎麦だとスピードアップする。

なぜ、蕎麦を食べるときは気忙しいのだろうと考える時、永年の友人から聞いた話を思い出す。秋の旅行で、山道をたどると、蕎麦の白い花が一面に咲いている畑地に出たという。秋蕎麦の畑だったのだろう。

風にゆれる清楚な白い花を見ていたとき、鳥の鳴き声を聞いた。「あれは、百舌《もず》の高鳴きだった」というのが、友人の説だ。

百舌は木の葉が色づき、秋が深まるころ枯れ枝の先にとまり、「キィーキチキチキチ」と甲高く鋭い鳴き声を発する。

百舌は秋から冬にかけて、食物を確保するための縄張り争いをするという。〈高鳴き〉は自分の縄張りを犯そうとするものへの威嚇の鳴き声だ。

友人が聞いたのが本当に百舌の鳴き声だったのかどうかはわからない。だが、そ

の話を聞いてから、蕎麦の白い花と百舌が結びついた。

孤独でしかも闘争心にあふれた百舌と、寒冷でやせた土地でもよく育ち、簡素な食べ物だった蕎麦は似合う気がする。

だから東京に出て蕎麦をあわただしく食べるわたしは、闘いをひかえた百舌なのだ、と思うことにしている。


（季刊「新そば」一四九号　二〇一四年六月発行）

集団的自衛権に思う

芥川龍之介に「猿蟹合戦《さるかに》」という短編小説がある。おとぎ話の「猿蟹合戦」そのものではなく、猿によって殺された蟹の子供が蜂や臼などに手伝ってもらって仇討《かたきう》ちしてからの後日談を書いている。

おとぎ話の読者は、仇討ちを果たした蟹たちが、その後、平和に暮らしたはずだと信じているだろうが、芥川の短編では次のようになる。

「しかしそれは偽《いつわり》である。彼らは仇を取った後、警官の捕縛するところとなり、悉《ことごとく》監獄に投ぜられた。しかも裁判を重ねた結果、主犯蟹は死刑になり、臼、蜂、卵らの共犯は無期徒刑の宣告を受けたのである」

裁判にかけられた蟹は弁明を認められず、弁護士から「あきらめ給え」と言われる。

新聞雑誌などの世論も「蟹の猿を殺したのは私憤の結果にほかならない。しかもその私憤たるや、己の無知と軽率とから猿に利益を占められたのをいまいましがったではないか」と非難するばかりだ。知識人である大学教授までもが「蟹の猿を殺したのは復讐《ふくしゅう》の意志に出たものである、復讐は善と称し難い」とまったく認めようとしないまま蟹は死刑を執行されてしまう。

さらに蟹の遺族たちまでもが身を持ち崩し、悲惨な運命をたどる。

おとぎ話のことを語っても仕方がないと思われるだろうが、実は集団的自衛権について考えたいのだ。

友好関係にある国家が他国から攻撃された際に、自国が攻撃されていないにもかかわらず戦う権利ということらしい。わかりやすくたとえると、「猿蟹合戦」のようなものだ。

蟹国が猿国から攻撃を受けると、蟹国の友好国である蜂国や卵国、臼国が猿国と戦うのだ。無法な行為をした猿国は退治され、めでたし、めでたし、となるはずだ。

ところが芥川の「猿蟹合戦」はそうはならない。

正義の戦いをした蟹たちが罰せられてしまう。考えてみれば、いつの時代でも戦争をする側は、自国を正義だと思っているが、戦争が終わった後で話が違ってくる。自衛のための戦いと侵略の境目はあいまいだからだ。

民俗学者の柳田国男によれば、「猿蟹合戦」に似たおとぎ話に「雀《すずめ》の仇討ち」があるという。

奥山の山母《やまはは》が竹藪《たけやぶ》に巣をかけた雀に卵をひとつくれ、と言う。恐ろしくなった雀はひとつを渡すが、山母は満足せずに、もうひとつ、もうひとつとねだって、ついには親雀も食ってしまう。

このとき、生き残った子雀が、団子をあたえることで針や蟹、臼などを味方にして山母の屋形に乗り込んで仇を討つ。

まるで桃太郎のようだ。こうなると仇討ちと言うより、復讐譚《たん》ではないか。

柳田は「猿蟹合戦」について、「今ある親の讐《かたき》を討ったという話よりも、猿にいじめられた弱い蟹が、多くの友の援助を受けて、相手を撃退したというほうが古くはないかと思う」(『桃太郎の誕生』)とも述べている。もともとは猿に脅されて困って泣いている蟹を臼や牛糞《ぎゅうふん》などが力を合わせて助けるという話だった。

こちらのほうが、集団的自衛権の説明には近いかもしれない。しかし猿にいじめられた蟹を助けるという話は、やがて仇討ちや復讐譚へと変わっていったのだ。

芥川の『猿蟹合戦』で描かれた蟹たちは、憎むべき猿との合戦の後、こんな悲運が待っているとは夢にも思わなかったに違いない。

芥川がこの短編を発表したのは大正十二年（一九二三）三月だ。この年、九月一日には関東大震災が起きる。四年後の昭和二年（一九二七）七月には、「僕の将来に対する唯《ただ》ぼんやりした不安」を抱いて芥川は自殺する。

ちなみに芥川の「猿蟹合戦」は、最後を読者に呼びかけた言葉で締めくくっている。

「君たちもたいてい蟹なんですよ」

蟹のひとりとして「ぼんやりした不安」の中にいるのは、わたしだけではないだろう。

（「朝日新聞西部本社版」二〇一四年四月二十九日）

さくら考

桜の季節だ。日本人は桜が好きだと言われる。だが、どんな桜が好きなのかは、実はひとによって違うのではないか。

現在のソメイヨシノが幕末に江戸、染井の植木屋によって育成され、明治になって全国に広まった桜だということはよく知られている。

生長が早く育てやすい、葉よりも先に花をつけ、華麗であることから人気があり、テレビなどで桜の開花として映し出されるのはソメイヨシノが多い。

しかし、一方でソメイヨシノは種子で繁殖することがなく、接ぎ木などで人の手がかかって初めて増えていく。しかも、寿命が短く、六十年寿命説もあり、老木が少ないという。

言うならば、ぱっといっせいに咲いてはなやかだが、人工的であり、はかないとも言える。このため、ソメイヨシノより山桜を好むひとも多い。

文芸評論家の小林秀雄も講演でソメイヨシノは俗っぽいとして山桜を讃えていた。もっとも、小林が桜の話をしたのは、

しき嶋のやまとごゝろを人とはゞ朝日にゝほふ山ざくら花

という本居宣長の有名な和歌を紹介するためだった。小林は代表作である『本居宣長』の書き出しで宣長の墓について記している。

宣長は入念なひとで、自ら筆をとって墓の設計図を書いていた。この設計図には墓地に植えた桜の木も描かれている。

＊

宣長が自らの最期に欠かせないと思ったのが桜だったのだ。さらに宣長は桜を讃える文章も残している。

「花はさくら、桜は、山桜の、葉あかくてりて、ほそきが、まばらにまじりて、花しげく咲たるは、又たぐふべき物もなく、うき世のものとも思はれず」(『玉かつま』)

宣長は、山桜の葉が花の間にまばらにある美しさを好んだ。「浮き世のものとも思われない美しさ」に山桜の葉は欠かせなかったようだ。

宣長だけでなく、昔から日本人にとって生死と桜は切り離せない何かがある。しかし、その死生観は、花を先につけ、しかもいっせいに散るソメイヨシノのイメージとは少し違うのではないだろうか。小林は「(小学校の校庭に桜が植えられているのは)文部省と植木屋が結託して植えたようなもの」と冗談まじりに話す。

明治以降、わが国は大きな戦争を何度も経験し、その都度、国民は兵士となって文字通り散華《さんげ》した。その様はソメイヨシノに似ていると思わぬでもない。

小林は講演の中で宣長の「朝日に匂ふ山桜花」という和歌について「山桜花っていっても、見たことがなければ、この和歌を味わうことはできない」という。さらに「大和心」についてもふれていた。

*

大和心という言葉が初めて文献に見えるのは、『後拾遺和歌集』の歌で作者は女流歌人の赤染衛門《あかぞめえもん》だという。

赤染衛門の夫は平安時代の代表的な学者であり文章博士の大江匡衡《まさひら》だった。

あるとき赤染衛門のところに乳母としてやってきた女があまり乳が出なかった。これを知った大江匡衡が、

果なくも思ひけるかな乳もなくて博士の家の乳母せむとは

と詠《うた》った。「乳」と「知」をかけ、乳が出ない（知識もない）のに学者の家に奉公したのは愚かなことだ、どうしてそんな乳母を雇ったのだ、と赤染衛門をからかった。

知識人の男の高慢さがどことなく臭《にお》っている。

赤染衛門は少し腹を立てた様子で、きつい調子の歌を返した。

さもあらばあれ大和心し賢くば細乳《ほそぢ》に附けてあらすばかりぞ

それがどうしたというの、大和心さえ賢ければ、乳が出ようが出まいが、なにも困らないじゃありませんか、という意味だろう。

学問をひけらかす夫に、赤染衛門が「大和心」を持ち出して反論したのは、当時

の学問が漢籍だからだ。言うまでもなく漢籍は中国から渡来した学問だ。漢籍の知識があることを誇りにして、乳母《おとし》を貶める夫が赤染衛門は、しゃくにさわったのではないか。

外国の学問や知識をひけらかすよりも人としての心を大切にしたほうがいいのではありませんか、と赤染衛門は夫に言いたかったに違いない。

現代ならば、職場や家庭でグローバルな外国の知識を披露して居丈高に説教するひとが、まわりから「そんなことを言う前に、この国で育ち、生きている自分自身の心を少し振り返ってみたらどうですか。知識より大切なものがあるのではないですか」とチクリと言われる光景に似ているかもしれない。

*

宣長が「大和心」にたとえた桜は、葉よりも先にはなやかな花をつけるソメイヨシノのような桜ではない。

春の到来に浮かれず、質朴で控え目な葉を花とともにつけて、自らを見失わない山桜のような清々《すがすが》しい心こそ「大和心」だと思ったのだろう。

桜の季節には学生や社会人が新たなスタートを迎える。人生の出発にあたって花を咲かせることだけを考えがちだ。しかし、この国の先人たちが愛したのは、あでやかでひと目を引いて楽しませる花だけの桜よりも、慎《つつ》ましく葉をつけた山桜であったことに思いをめぐらしてみるのも無駄ではないと思う。桜を見る気持がちょっとだけ引き締まるのではないか。

（「日本経済新聞」二〇一四年四月六日）

思い出の映画――「ニッポン無責任時代」

植木等《うえきひとし》の「ニッポン無責任時代」がなぜ、思い出の映画なのかというと、植木等は、子供のころの憧れの存在、鞍馬天狗、月光仮面、に続くわたしのヒーローだったからだ。

最初のヒーローである鞍馬天狗や月光仮面は正義に燃えて、悪いことなどまったくしない人たちだった。しかし、植木等演じる主人公平均《たいらひとし》は違っていた。平社員なのに上司や社長のわずかな隙を見つけては調子のいいゴマすりで出世していく。誠意のかけらもないし、礼儀などはわきまえない。表面ではペコペコする振りをしながら、心の底で人間は対等だと思っているから、すぐに横着な態度をとる。そして、なんと言っても素敵なのは、責任なんかとらなくていい、と思っているところだ。ひたすら明るく、前向きに自分の出世のことだけを考えて突進していく。高度経済成長時代のシンボルと言われた所以《ゆえん》だ。

その生き方が、なまじ正義で縛られて窮屈な生き方をしているヒーローよりもエネルギッシュで人間的に見えた。正直に言えば、誰もが責任なんか負いたくはないと思っているのだ。しかし、それだけなら、我欲の強い、ただの嫌われ者になってしまう。

植木等の演じる主人公には万人に愛されるところがあった。「縛られていない」からではないか。会社という組織の中にいながら、組織に縛られず、常に素の自分を押し出す衒《てら》いのなさがあった。

「ニッポン無責任時代」とその後の植木等主演映画シリーズは一種のピカレスクロマンだが、じめっとした暗さがない。組織の中で自由であることに後ろめたさを感じていないためだ。

そんな人間性がどこから来るのか永年わからなかった。だが、最近、『葉隠』を読んでいて、思い当るところがあった。『葉隠』は江戸時代中期、九州佐賀藩の二代目藩主鍋島光茂《なべしまみつしげ》に仕えた山本常朝《じょうちょう》という武士が語り残した教訓と昔話だ。忠君愛国を唱え「死の美学」を語った書として戦時中もてはやされ、戦後は忌避された。一方で『葉隠入門』を書いた三島由紀夫にとっては、何よりも惹かれた青春の書だった。

藩は会社組織に似ている。藩士は元祖サラリーマンかもしれない。常朝の仕事は光茂の趣味である和歌の古今伝授を京の公家から受けるという、いわば社長のプライベートに奉仕する秘書だった。

光茂の没後、四十二歳で引退、五十二歳のとき、訪ねてきた佐賀藩士に『葉隠』を語り残し、六十一歳で亡くなった。常朝は主君に殉死してもおかしくなかった立場だ。

光茂が殉死を禁じたゆえに死ねなかったという理由はあるのだが、「武士道と云うは死ぬことと見つけたり」の一文で知られる『葉隠』を遺したひとの在り様としては、なんとなくうなずけない。ひとに死ねと言っておきながら、自分は生き延びるのは調子よすぎるんじゃないかという疑問は、「無責任」というフレーズに結びつくのではないだろうか。

無論、常朝は無責任だったわけではなく、植木等演じる映画の主人公と同じ様に責任という枠に囚われなかったのだろう。「武士道と云うは死ぬことと見つけたり」とは死を前提として「生きる」ことだ。死ぬためには、まず生きなければならない。死を前提とすれば、生を充実させることができる。しかも、現実社会のさまざまなことに囚われないですむ。

自分を死人だと思って生きれば、社会的な虚飾や呪縛から脱け出ることもできる。平均も死を前提として人生を生きていたと思う。だから底抜けに明るく、自分の欲望にさえ囚われなかった。大口を開けてからりと笑っていられたのだ。

植木等が山本常朝役で「武士道と云うは死ぬことと見つけたり」と叫びながら、生き延びて呵呵大笑《かかたいしょう》する「ＨＡＧＡＫＵＲＥ」という作品がシリーズの中にあってもよかった気がするのだが、やっぱり「お呼びでない」（植木等のギャグ）のだろうか。

（「小説現代」二〇一三年三月号）

紙は永遠

電子書籍に注目が集まる時代だ。

しかし紙の本は永遠である、と言うと、紙は劣化するし、焼失もするではないかと指摘される。それでもわたしには紙は永遠だという思いがある。四十年以上前、高校時代に読んだ歴史小説の文庫本がいまも書棚にあるからだ。

豊臣秀吉の軍師として知られ、二〇一四年のNHK大河ドラマで主人公になる黒田官兵衛を描いた吉川英治の『黒田如水』だ。永遠に比べれば、たかが四十数年かもしれない。だが、「人生わずか五十年」という。四十数年は人生の道程をほぼ覆い尽くす。

この文庫本を初めて読んだときのことで覚えているのは、初夏の日差しのきらめきだ。

あらためてページを繰ってみると、高校の武道場の二階にあった剣道の面や小手、胴などをしまう防具庫の小さな窓からさし込んで壁を白く照らす日差しを思い出した。

なぜその光景が脳裏に浮かぶのか不思議に思いながら読み返した。黒田如水こと官兵衛は若き日、播州の大名に仕える家老だった。織田信長の命により秀吉が中国地方へ兵を進め、毛利氏と戦った際、官兵衛は主君を説き伏せて織田方についた。さらに織田から毛利へ寝返った荒木村重の説得に赴いた官兵衛は、城内の牢獄に幽閉されてしまう。

官兵衛は湿った牢の中で身動きもならないまま過ごして体は衰弱し、このまま獄中で朽ち果てるのか、と生きる望みを失いかける。

そんな絶望の日々の中で牢獄の窓から藤の蔓《つる》がのぞいているのに気づく。蔓を見つめると、どんな花が咲くのだろうかと心が動いた。あの藤に花が咲くまで生きていたいと思う。ある朝、薄い朝日を浴びて紫の花が咲いているのを見た官兵衛は「……吉瑞《きちずい》だ」と叫ぶ。

「獄中に藤の花が咲くなどということは、あり得ないことだ。漢土の話にもこの日本でも聞いた例《ため》しがない。……死ぬなよ。待てば咲くぞ、という天の啓示。そうだ天の啓示だ」

彼は、掌《て》を合わせて、藤の花を拝んだ。

（吉川英治『黒田如水』）

官兵衛は味方に救出されるが、獄中で膝を痛め、左足が不自由になっていた。

わたしは中学三年のときに左足の関節炎を悪くして入院生活を送り、登校できない日が続いた。高校に入学してからも体育の授業に出ることができず、武道で選択した剣道の時間にはひとりで防具庫の整理をしなければならなかった。

薄暗い防具庫の床に座り、汗臭い防具の匂いをかいで、思春期の孤独な思いにかられたとき窓から日がさし込むのを目にした。藤の花はなかった。しかし『黒田如水』を読んで、自分もいつか希望を囁きかけてくれる何かに出会うのではないかと感じた。

そんな思いを抱いた時間が、四十数年を経た今も手もとにある文庫本に詰まっている。

だから、わたしにとって紙は永遠なのだ。

（「週刊文春」二〇一三年六月六日号「紙と私」）

白秋祭

詩人北原白秋とは縁がある。と書くと何事かと思われるだろうが、何ほどのことでもない。誕生日が同じなのだ。

白秋は明治十八年一月二十五日、九州、福岡県の柳川で藩御用達の旧家に生まれた。

わたしは昭和二十六年一月二十五日の北九州市生まれ。同じ福岡県に六十六年後に生まれたことになる。現在、わたしが住んでいる久留米市は柳川と同じ筑後地区だから地縁はあると言えるかもしれない。

柳川の川下り、名物のうなぎの蒸籠《せいろ》蒸しなどは筑後の風物詩だ。学生時代にどんこ舟に乗って川をくだり、白秋の生家を訪れたことがある。川沿いの民家に初冬の日が差すのを見て、水と光と影の町だ、と思った。

白秋は「水郷柳河」の中でこう述べている。

——私の郷里柳河は水郷である。さうして静かな廃市の一つである。自然の風物は如何《いか》にも南国的であるが、既に柳河の街を貫通する数知れぬ溝渠《ほりわり》のにほひには日に日に廃れてゆく旧い封建時代の白壁が今なほ懐かしい影を映す。

白秋が晩年に発表した写真文集『水の構図』では、

——この水の柳河こそは、我が詩歌の母体である。

とも記した。白秋の故郷への思いは格別なものがあったのだろう。大学生だったわたしの胸に愁いを含んだ風景として柳川は心に刻まれた。柳川との関わりはそれ以来、薄かったが、今年一月に上梓した『無双の花』という小説の主人公が柳川藩の藩祖立花宗茂だったことからふたたび縁ができた。

豊臣秀吉の九州征伐のおり、宗茂は筑前立花城に籠って薩摩の島津氏に抗した武功を賞せられ、

——西国無双

と讃えられた。だが、関ヶ原合戦では西軍について城と領地を没収された。浪人となった宗茂は苦難の日々を過ごしつつも大名に戻ることを諦めなかった。やがて徳川家への仕官がかない、二十年後には旧領の柳川十一万石に見事に返り咲くことができた。

リストラが相次ぎ、生きる場所を奪われがちな現代の日本人にとって、宗茂の揺るぎのない生き方は魅力があるのではないか。

そんな思いで小説を書いたのだが、資料を調べるため、何度か柳川に足を運び、立花家史料館の学芸員の方にお世話になった。

その縁で去年、白秋の命日である十一月二日に行われる白秋祭に立花家からお招きをいただいた。

白秋祭では、夕方からほおずき提灯《ちょうちん》や行灯《あんどん》で飾られた百数十隻のどんこ舟による水上パレードが行われる。

立花家に仕立てていただいた舟に乗船するころ、小雨が降ってきた。「白秋祭ではいつも雨が降ります」と学芸員の方が教えてくれた。暮れなずんだころ水上パレードは出発した。

水路沿いで白秋の童謡や歌曲の演奏と合唱が行われて興を添える。水面に行灯が浮かび、沿道に篝火《かがりび》がたかれ、夜空に白い煙の尾を引いて打ち上げられた花火が煌《きら》めく。

ゆっくりと進むどんこ舟は十数ヵ所の橋をくぐる。橋は現世と来世をつないでいる。いく度、この世とあの世を行き来したかと感慨を覚えた。

パレードが終わると白秋詩碑で式典が行われた。白秋の詩「帰去来」の曲が流れ、合唱される。

山門《やまと》は我が産土《うぶすな》、
雲騰《あが》る南風《はえ》のまほら、
飛ばまし今一度《いまひとたび》、

と故郷への思いを綴《つづ》った詩は、

帰らなむ、いざ、鵲《かささぎ》、
かの空や櫨《はじ》のたむろ、
待つらむぞ今一度。

故郷《ふるさと》やそのかの子ら、
皆老いて遠きに、
何ぞ寄る童《わらべ》ごころ。

さあ、帰ろう、カササギよ。故郷の空や櫨《はぜ》の木々が待っているぞ。かつての知人も老いているのに、なぜ子供のように帰りたいと思うのだろうか、と終わる。

──帰らなむ、いざ

立花宗茂が旧領へ馳《は》せた思いと重なるようでもある。

歌声を聞きながら、いつの間にか星が輝き出した夜空を見上げた。そういえば、十一月二日はわたしの父の命日でもあった。

やはり白秋と縁があるようだ。

（「家の光」二〇一二年十一月号）

コーヒーの味わい

学生時代から社会人となって、現在にいたるまでおりおりでコーヒーを楽しんできた。

大学生のころ、コーヒー愛好家の友人がいた。本格的に豆から挽いてコーヒーを淹れるのだ。時おりコーヒーを御馳走になるために、友人が数人で借りている海のそばの一軒家を訪ねた。

古びた家の二階に上がる階段の途中に小さな窓があった。ガラスがはめ込まれており、木枠で縁どられていた。

階段を上りながら足を止めると、小窓から海が絵のように見えた。季節や天候によって〈海の絵〉は異なっていた。

碧色をした穏やかな海面と綿のような白い雲が見える日もあれば、真っ青な海にもくもくと大きな入道雲が浮かぶ日もあった。寒々とした曇り空の下で、鉛色の海は荒れていた。

階段の途中で〈海の絵〉を見ていると、なぜだかせつない気持になった。

友人はドストエフスキーが好きで書棚に全集をそろえていた。コーヒー豆を挽くカリカリという音と『罪と罰』や『カラマーゾフの兄弟』についての文学論に耳を傾け、やがて口にしたコーヒーはやや酸味があった。

歌人で詩人でもある劇作家の寺山修司にこんな短歌がある。


ふるさとの訛りなくせし友といてモカ珈琲はかくまでにがし

階段の〈海の絵〉も、ドストエフスキーの話を聞きながら飲んだコーヒーの味わいも、いまとなってみれば二度と出会えないものだ。

大学を卒業後、地方紙に就職して記者になった。ひとと会ってコーヒーを飲むことは多かったが楽しむ余裕はなかった。支局を預かるようになって、ひさしぶりにゆっくりコーヒーを味わってみたい、と思った。

映画評論家、植草甚一さんのジャズや映画、ミステリーについてのエッセイが好きだったから、コーヒーを飲みながら植草さんの著書を読んでみたかったのだ。

支局の机などをできる限り黒を基調にした喫茶店風に設《しつら》えてレコード（当時はまだCDではなかった）のプレーヤーを置き、ジャズを流しながらコーヒーを淹れた。さすがに豆を挽くほど時間の余裕はなかったので、コーヒー粉を買ってきて、カリタのドリッパーにお湯を注いだ。コルトレーンの「至上の愛」を聞いた。

小説を書くようになった現在は、六畳の書斎に黒色のコーナー机を置いて片方の脇にプリンターとファクス、反対側にミニコンポとコーヒーメーカーを置いている。午前九時から仕事を始め、粉をコーヒーメーカーに入れて三杯分のコーヒーを淹れながらCDかエフエムを聞く。音楽に耳を傾けつつ何をどう書くかをぼんやりと考えるのが一日の仕事始めの儀式のようになっている。

先日もそんな風にコーヒーを飲んでいたら机の上の電話が鳴った。

限られたひとにしか教えていない電話番号なので、「誰だろう」と思いつつ、受話器を取ると学生のころのサークル仲間で名前を〈ちゃん〉付けで呼んでいた女性の友人だ。

電話で話しながら、そう言えば学生のころ、彼女と喫茶店で話したことがあったな、とふと思い出した。サークル仲間といっても、わたしの方が二歳年上だったから、恋愛相談でもされていたのだろうか。

コーヒーを飲んで話しながら、物思いに沈んだ悲しそうな目をしている、と思った。その場面を昨日のことのように鮮明に思い出した。

社会人になってから、ばったり出会ったことがある。連れの男性を「主人です」と紹介された。そうか、結婚したんだ、幸せそうだな、と思った。

その後、わたしが小説を書くようになって直木賞など、いくつか賞をもらうたびに、真っ先にお祝いの品を贈ってくれた。しかし、中年期にさしかかり、何があったというわけではないけれど、気持が落ち込むようになって、電話に出るのもおっくうだとお祝いに添えられていた手紙にあった。

お礼の電話をすることもひかえていたところに向こうから電話してくれたのだ。

「直木賞騒ぎは落ち着いた？」

と、やはりどこか沈んだ声で訊かれて、

「ああ、落ち着いたよ」

と答えながら、ひさしぶりに会って昔話でもしたい、という気になった。

「会いたいから、今度、訪ねていくよ」

と言うと、

「えっ、本当？」

と電話の声が若やいだ。ああ、よかった。昔の〈……ちゃん〉の声だ、と思った。電話を切った後のコーヒーはひと際、美味しかった。青春の味だったのだろうか。

（「嗜み」二〇一二年秋号）

空蟬

『源氏物語』については、詳しく知らなかった。与謝野晶子のいわゆる『与謝野源氏』を読んだぐらいで原典は眺める程度だった。何より、若いころは司馬遼太郎さんの歴史物が大好きで、恋愛小説は苦手だった。

しかし、ある時、田辺聖子さんの『新源氏物語』を読み、そのほかの田辺さんの古典にまつわる著作を読むうちに、『源氏物語』には日本の文化の精髄があると知った。

本居宣長が説く「もののあはれ」だ。深く物に感じて心を動かすことを大切にするのが日本の文化なのだと思った。

ところで『源氏物語』の中に登場する女性の中で誰が好きかと訊かれることがよくある。

わたしの答えは空蟬《うつせみ》。光源氏に迫られながら、まるで蟬の抜け殻のように薄衣を残して逃れる人妻だ。

なぜ空蝉が好きなのかというと、拒みながらも光源氏に心惹かれる空蝉の内面にはせつないリアリティーがあるように感じられて、そこに「もののあはれ」を見るからだ。

あるいは空蝉には紫式部の心情が投影されているのではないか、とも思う。ともに受領《ずりょう》の妻であることや紫式部が藤原道長に迫られて拒む（拒まなかったとも言われるが）ことなどが共通することは昔からよく言われている。なにより空蝉は、自分というものを持っているところが紫式部を思わせる。心が動くというのは自分があってこそのことだ。

虫つながりのこじつけのようだが、自分を持つ空蝉は『蜻蛉日記《かげろうにっき》』の作者にも似ている気がする。作者は藤原道綱母《ふじわらのみちつなのはは》だが、仮に蜻蛉と呼んでおこう。蜻蛉は太政大臣《だいじょうだいじん》藤原兼家《ふじわらのかねいえ》の夫人だ。美人で教養があるがゆえに自我が強く、訪れが間遠になったと、拗《す》ねて山中の寺に籠《こも》り、兼家を困らせる。百人一首に右大将《うだいしょう》道綱母の名で、「嘆きつつ独り寝《ぬ》る夜のあくる間は　いかに久しきものとかは知る」という蜻蛉の歌がある。蜻蛉には現代の女性にも通じる自意識があったのではないか。

『蜻蛉日記』は『源氏物語』とは縁がある。蜻蛉の夫兼家にはもうひとり時姫《ときひめ》という夫人がいた。兼家は時姫との間に三人の男子を儲ける。兼家亡き後、摂政関白として栄華を誇ったのは長兄の道隆《みちたか》だ。三男の道長は兄の存命中は陰に隠れた存在だったが、道隆が急死すると、道隆の子である伊周《これちか》、隆家《たかいえ》を押しのけて権勢をほしいままにする。

蜻蛉の存在は、夫兼家が朝廷で権勢を振るっていくに従い、名の通り蜻蛉のようにはかなく、淡くなっていく。蜻蛉が没したのは道隆が入内《じゅだい》させた娘の定子《ていし》に清少納言が仕えたころだ。

清少納言の登場ではなやかな宮廷サロンが生まれたが、これに対抗して道長の娘彰子《しょうし》には紫式部が仕える。道長の勃興は、清少納言の活躍に紫式部が取って代わるのと軌を一にしていた。しかし、宮廷文化が生まれる源流に蜻蛉がいたことは意味があるのではないかと思えてならない。恋愛ロマンとして香り高い『源氏物語』には、蜻蛉のように自我を持つがゆえに傷つき、なおも愛を求めて生きる女性の姿がある。

光源氏の華麗な女性遍歴は、言うなれば、女性たちの愛と人生を映しだす鏡のようなものだ。だとすると、鏡の中に女性が見ようとするのは、自分の美しさより自分が何者なのかということではないか。

鏡に向かい自分を見つめる蜻蛉を思い浮かべるにつれ、空蟬や紫式部の姿が重なり合ってくる。晩酌の後、田辺聖子さんの全集を読んで、そんな風にしみじみと『源氏物語』の世界を味わっている。

（「週刊　絵巻で楽しむ　源氏物語　五十四帖」二〇一二年十一月十一日号）

豆をかじる

豆が好きだ。あまりマメな性格とは言えないのだが、なぜかピーナッツから、小豆、大豆、グリーンピースなどの豆類を偏愛してきた。

子供のころからおやつと言えばピーナッツで、殻つきの落花生からバターピーナッツ、柿ピーにいたるまで好物だ。

ひょっとしてピーナッツ中毒ではないか、と心配したことすらある。赤飯、グリーンピースご飯など豆の入ったご飯に目がなく、ビールのつまみはソラマメだ。

甘い物ではぜんざいが好きだが、汁粉はそれほどではない。どうも食べる際に豆の形があると安心するらしい。なぜかはわからないが、ひょっとすると豆をかじる食感がいいのかもしれない。だから同じ餡でも、こし餡よりつぶ餡を好む。つぶ餡は、かすかな歯ごたえがあって、舌で味わうだけでなく、嚙むことによって口内で遭遇したものを確認するという喜びがあるのだ。

司馬遼太郎の『坂の上の雲』に、海軍参謀の秋山真之は、いり豆が好きだったと書かれていた。

ＮＨＫでドラマ化されて放映された際にも、本木雅弘扮する真之は、ポケットからいり豆を取り出してぽりぽりと食べていた。

真之は豆をかじりながら、考え事をしていたのだと思う。艦上でぼんやりと遠くを見つめながら、ポケットのいり豆をつまんでは口に入れ、日本海海戦の戦略を練っていたのではないか。

情報を頭に入れ、突き詰めて考えていく時、ぽりっ、ぽりっと嚙み砕く動きが問題を解決していくリズムを生む。豆を偏愛するわたしはそんなことを想像してしまう。

考え過ぎだろうか。いや、そうではないと豆をかじりながら思う。ぽりっ。

（「週刊文春」二〇一二年六月十四日号）

酒を飲む

学生時代、最初に飲んだ酒はウィスキーをコーラで割ったコークハイだ。甘ったるくて、飲みすぎると悪酔いした。

それからウォッカベースのモスコーミュール。ジャズが流れる薄暗い店で、ちょっぴり大人の気分を味わった。

ビール、日本酒と嗜み、九州生まれだからか、やはり焼酎がメインになった。一升瓶を抱えるようにして飲んでいた時期もある。

イアン・フレミングの007シリーズを読んで、ドライ・マティーニはどんな酒だろうと思い、古谷三敏さんのお酒のウンチク漫画、『BARレモン・ハート』にはまって、世界のお酒を飲み歩くのもいいなと夢見た。

バーのカウンターに座り、ワイルドターキーを注文するようになったのは、北方謙三さんのハードボイルド小説の影響だった。

少し翳りのある中年男になりたかったのだ。酔う時は、北方さんの作品に出てくる男の中でも好きなキドニーに本気でなりきっていた。

酒を飲むのは、生き方を学ぶことでもあった。若いころ、筑豊の記録文学作家上野英信さんから「男には武闘と文闘と、そして酒闘がある」と教わった。

上野さんが取材で炭坑労働者に会いにいくと、まず焼酎の一升瓶がドンと出される。飲まなければ話をしてくれない。だから、気合を入れて飲むのだ、と笑顔で言われた。

そうなのか、男は酒闘だ、と若いわたしは単純に思ってしまった。だが、いまになって考えてみれば、武闘や文闘をしたうえでの酒闘だった。

はたして肝心な闘いをしてきたのだろうか。そんなことを思いつつ、きょうもグラスを傾けている。

（「週刊文春」二〇一二年六月二十八日号）

第三章　小説講座で語る

文芸評論家・池上冬樹氏の招きで山形に赴き、小説講座の講師として、己れの読書歴と新聞記者時代の思い出、小説家デビューから直木賞受賞まで、そして作家としての生涯の抱負について語り尽くす。「メイキング・オブ・葉室麟」ともいうべき、貴重な講義録である。

　小説は虚構だけど、自分の中にある本当のことしか書けない。書くことは、心の歌をうたうことです。

貸本屋を叩き起こした少年時代／『ジャングル大帝』と『忍者武芸帳』に熱中／若者たちの関心のゆくえ

池上　今回のテキスト（この小説講座の受講生たちの作品）を読んでみて、いかがでしたか。

葉室　全体的に、レベルが高いと思いました。いろいろな形でいろいろな作品を読む機会があるんですけど、その中でもかなり水準が高いと思います。ただ、それが充分に生かされているかどうかというと……。

池上　ここから作家になる、新人賞を獲るというのが難しいんですよね。ところで、葉室さんは東北にいらっしゃるのは初めてですか。

葉室　いや、仙台とかには行ったことがあるし、何十年か前には青森に行ったこともあります。ただ、機会は少ないですね。山形はまったく初めてです。九州から東北というのは、よっぽどの用事がない限り来ないだろうと思うし、いままではそんな用事もありませんでしたから。

池上　今日はお越しいただきましてありがとうございます。まずは、葉室さんが作家になるまでのお話をお聞きしたいのですが、デビューされたのが、五十歳ぐらいのときでしたよね。

葉室　正式なデビューは二〇〇五年、歴史文学賞を取った『乾山晩愁』（角川文庫）が本になったときです。五十四歳ぐらいでしたね。ただ、歴史／時代小説に特化して書き出したのは五十歳過ぎでしたが、実はそれまでにもちょこちょこといろんなものを書いていたんです。歴史／時代小説ではないものを。

池上　文学との出会い、というのはどんなものだったんでしょうか。エッセイ集『柚子は九年で』（文春文庫）を読みますと、少年時代は漫画とかいろいろ読まれていたそうですが。

葉室　そうですね。たぶん第一次漫画世代、ということになるんじゃないでしょうか。僕らの世代は、それこそ手塚治虫とか、白土三平とか。いわゆる貸本屋世代ですね。僕なんかは本当に漫画が好きで、朝の五時とか六時、まだ店を開けてない時間に雨戸をドンドン叩いて、店の人を叩き起こすという迷惑な子供だったんですけどね。でもそのころ読んだ印象が、物語の系譜的にはずっとありますね。

手塚治虫の『ジャングル大帝』（一九五〇年〜五四年連載）というのは、僕らはアメリカ的な民主主義社会を健全に構成していく、そのためにレオが一生懸命頑張る、そういう話として読んだわけですよね。白土さんの『忍者武芸帳　影丸伝』（一九五九年〜六二年にかけ出版）なんかも、忍者ものなんだけど実際には信長と一向一揆の対決を描いていて、階級闘争的な話だったんですよ。作中にも、階級闘争的な言葉がどんどん出てくる。いまの漫画よりかなり前衛的だったと思いますね、解説が地の文で書いてあって。時代状況的には、のちの全共闘世代なんかも『影丸伝』をよく読んだりしていたんです。

池上　漫画については『柚子は九年で』にも書かれていますが、漫画世代ではあってもいまはもう読んでいないだろうと思ったんです。ところが、さきほど八文字屋で開催したサイン会の控室で、最近の漫画の話をいっぱいされていて、びっくりしちゃって。

葉室　意外に切れないで、なんとなく読んできたんです。最近、「週刊ヤングマガジン」（講談社）で『なにわ友あれ』（南勝久）が終わりましたが、最初から読んでいました。ひと時代昔の暴走族というか大阪環状線の走り屋の話ですが、なるほど、このころの若者はこんな感じだったのか、へえーと思って読んでいたんです。記者をしていたころ、福岡の暴走族の解散式を取材したことがあったのを思い出した、とかそういう話をしていました（場内笑）。

池上　お忙しいだろうに、ずっと切れずに昔から読んでいるんですね。

葉室　僕はたぶん、『男一匹ガキ大将』（本宮ひろ志、一九六八年〜七三年連載）とか、その時点時点での漫画とつきあってきているんだと思います。漫画っていうのは日本にとっては大きな文化ですよね。すごく世相というか、社会を表していて、その中での考え方がいろいろ出てくる。文章芸術としての小説と漫画を比較することには、意味はないと思います。漫画は漫画の世界を構築していると思うから。読んでいると、面白いなと思うことが多々ありますね。とくに、若い人の関心がどこに行くのか、というあたり。暴力に行くんだな、とか、夢を持つというのは難しいんだな、とか。そういう荒涼とした部分と、その中でも何かを見出したいなという気持ちがあるんです。『どうらく息子』（小学館「ビッグコミックオリジナル」二〇一〇年〜一七年連載、尾瀬あきら）では若者が落語家を目指すんですが、基本的に芸道物は小説でも漫画でも好きですね。明治に言文一致体の小説が書かれたときのお手本は、三遊亭円朝の落語だと言いますし、時代小説は講談雑誌に掲載された、いわゆる「書き講談」から始まるという見方もあります。落語や講談のような話芸は小説に通じるところがある。まあ、単に漫画が好きで読んでいるだけというのもあるんですけどね（笑）。

女帝たちから始まった国／寺山修司に憧れて／司馬遼太郎、藤沢、そして石川淳

池上　最近注目されている漫画を、ひとつふたつ挙げていただけますか。

葉室　ひとつふたつ、というより……。ちょっと考えたのは、奈良時代の、光明皇后の話『緋の天空』（集英社）を書いたんですけど、古代って、歴史／時代小説の世界では書きにくいんですよ。だいたい編集者さんが「売れないからやめろ」という（笑）。

ただ、いろいろ考えてみることはすごく大事です。なぜ光明皇后の話を書いたかというと、奈良時代って女帝からはじまるんですよ。元明天皇です。次いで、また女帝の元正天皇。聖武天皇もいますけど、そのときは光明皇后という大きな存在感のある皇后がいて、それから孝謙／称徳天皇。「女帝の世紀」と呼ばれる時代です。それなのに、女性たちでも、この時代、日本のトップは女性だったということを意識しない。藤原不比等のような男の政治家がいて、傀儡《かいらい》だったと思い込んでいるんですが、実際には女帝は強固な意志と政治意識を持っていたと思うんです。奈良時代って、日本の骨格を作る時代ですね。律令制を導入して、なんとか形ができた時代。それから平安に行くんです。平安時代の途中からは、もう中国から輸入しなくていいや、というふうな感じになっていくんですが、日本の骨格を作るときのミカドが女帝だったということは、日本の国家体制の中に、何がしかのものを与えているのではないか。そういうことも含めて、書きたいと思ったんですけど、なかなか小説で書くのは難しい。昔、杉本苑子先生はじめ、多くの女性作家が書かれているのですが、いまはなかなか難しいところがあります。そこからいくと、やっぱり漫画はその辺に入っていってる（小学館「ビッグコミック」二〇一一〜一六年連載、園村昌弘原案監修、中村真理子『天智と天武』）。そこが興味深いです。

池上　漫画も読まれているし、『柚子は九年で』を読むと若い時から短歌や俳句も読まれますよね。寺山修司の影響だということですが。

葉室　そうですね。僕は大学のサークルで俳句を始めたんですが、最初になんで俳句をやろうと思ったかというと、やっぱり寺山修司ですね。当時は文化的な大スターで、影響を受けていました。僕はわりと、短歌とかいろいろ引用するんですけど、地の文に過去の何かを入れると、輝きが変容してよく読める。その感覚は、寺山の文章を読んで学んだことですね。寺山修司は、歌謡曲の一節をぽんと入れたりするんですよ。そうすると、その意味が少し違った感じで受け取れて、価値が出てくるんです。そういうのが面白いな、というのがありました。これは、本来の意味での批評性なんじゃないかな。文学での批評とか評論は、作品を解体して分析し、新たな価値を立ち上がらせるものじゃないかと思うんですが、和歌や漢詩を作品に入れるのは、そんな意味合いがある、と思ってます。

池上　葉室さんは、現代のエンターテインメントの作家の中では、和歌や漢詩の使い方が非常にうまいですよね。ああいった、非常に美しい短詩を取り入れて、抒情性を豊かに美しく描いている。寺山修司の影響もあるでしょうが、ほかに好きな作家というと、インタビューなどでは司馬遼太郎の名前がまず挙がりますね。

葉室　聞かれたらまず司馬遼太郎、それからご当地ですが藤沢周平と答えます。それから石川淳ですね。

「精神の運動」がある文章／一字一句まで目的を持って書く／歴史作家座談会・そして延長戦

池上　石川淳は僕もたいへん好きな作家です。あの格調高い文章は素晴らしいですよね。

葉室　基本的には文章なんですよね。エネルギーがあって緻密な文章。小説として成功しているかどうかは微妙でも、高レベルでの精神の張りが文章に出ているような。文章というのは、何かを説明すればいいというものではないですよね。その人が持っている、精神の高みに人を連れていく。石川淳は「精神の運動」と言っています。それが、文章を読むときの大事さだと思うんです。それは、別に私がたまたま言っているだけじゃなく、昔から、みんな文章というのはそういうものだと思って読んできたんです。漢詩であれ何であれ、それを読むことによって自分の精神が影響を受けて、高みという言い方はよくないかもしれませんけど、何か違うものを得る。それが大事なんです。だから、文章というのはおろそかに書いてはいけない。端々の一字一句に至るまで、ひとつの目的を持って書かねばならない、という思いは、その辺から来ていると思います。

池上　石川淳といってもいまの若い人たちはご存じない人も多いでしょう。わかりやすく言うと、丸谷才一さんのお師匠さんです。丸谷さんが最も尊敬する文人、といっていいでしょう。物語の流れも波瀾万丈でものすごいし、圧倒的な文章の勢い、リズム感がすばらしい。いっぽうで、森鷗外の伝記とか、『渋江抽斎』なんかの評論も書いている。こちらもすばらしい。漢詩についても、きっちり批評できた人です。

葉室　日本の文人って、大正期にはすごく教養が高かったんですが、それを戦後まで引き継いだのはおそらく石川淳ただひとりでしょう。丸谷さんの話ですが、学者でいろんな人が俳句を作っていたのですが、「丸谷才一のがいちばんいい」と石川さんが言われた。なぜかというと「丸谷は無学だから」だというんです（笑）。学問があるといい俳句はできないものだ、ということでしょうか。もちろん、丸谷さんの教養を認めたうえでの冗談だと思います。ひとを無学と評するのは、石川淳の口癖みたいなもので、額面通りに受け止める必要は無いと思いますが、丸谷さんの、その後の文章を読むと、多少そこにこだわっている気配も感じますね。

池上　丸谷さんも、山形の鶴岡出身ですからね。藤沢周平、丸谷才一、そして佐藤賢一と三人いるわけです。

葉室　すごいですよね。そういえば、ここに来るまでの車中で、山形に近づくにつれてだんだん「斎藤茂吉も山形だ」「佐藤賢一さんも山形だったな」と思い出してきたんです。佐藤さんとは、この前「オール讀物」の座談会でご一緒したばかりだったんですよ。

池上　その座談会では、五時間か六時間もかかったと聞いています。

文藝春秋・池田　第一回はそうでした。二回目は、前回はあまりに話が盛り上がりすぎて際限がない、というのでホテルのレストランを会場にして、お店が「閉店です」というようにして（場内笑）、四時間ぐらいでした。伊東潤さん、安部龍太郎さん、そして葉室さんと佐藤さんという四人でおやりになって、「閉店です」と言われて退場を願うという作戦を練ったんです。そうしないと、みなさん話好きの方なので、六時間でも八時間でも平気でしゃべり倒すというところがあるので、オールの編集部がそういう作戦を練ったみたいですよ。その内容は、こんど新書になると聞いています（実際には文春文庫二〇一七年刊『合戦の日本史』となった）。

九州の労働者文化／上野英信と谷川雁／「ぎなのこるがふのよかと」

池上　いろいろな作家の本を読まれてきたわけですが、小説を書こうとは学生のころから思われていたんですか。

葉室　そうですね。いわゆる普通の文学青年っぽく、同人誌をやったりはしていたんです。ただ、僕は途中から「ノンフィクションをやりたい」というふうに思いだした経過がありまして。さっきの俳句の話にもつながるんですけど、北九州に「天《てん》籟《らい》通信」という有名な同人があって、そこに行っていたんです。北九州市って、新日鉄がありましたから労働者文化みたいなものがあって、炭坑労働者を追う記録文学を書かれていた上野英信《うえのえいしん》（一九二三年～八七年。著書に『追われゆく坑夫たち』『日本陥没期』『地の底の笑い話』など）という作家がいらっしゃった。東北では知られていないでしょうけど。炭坑のルポを書くのに、ご本人は京大中退だったんだけど、学歴を隠して炭坑労働者になって、地の底に潜ってやられていた方なんです。

それから、谷川雁《たにがわがん》（一九二三年～九五年）という詩人がいて、上野さんと「サークル村」を作って労働者文化の運動をされていた。同時に中小の炭鉱争議でリーダーとして活躍されていたんです。なんとなくの印象でいえば、谷川雁を支持するか上野英信を支持するかで、その人の生き方が変わってくるかなと思ったこともあります。谷川雁さんは詩人で華やかな、おそらく日本の戦後史でいちばんのアジテーターでしょうね。その言葉を聞いたら動かずにはいられないような。東京へ行くな、故郷を作れというような詩を書いて、でも自分は最終的に東京へ行ってしまう。この裏切り者め、という（笑）。で、谷川さんの詩の中で、一ヶ所だけ方言を使っているところがあるんです。「ぎなのこるがふのよかと」という、これは水俣の方言で「残ったやつは運がいい」という意味で、じゃんけんか何かで勝ち残った人は運がいい、ということなんですが、僕はそれを読んだときに「生きのこったやつが運のいいやつ」という意味に捉えたんです。僕らの世代というのは、詩の一節に大きな影響を受けて生きていくということが、まだあったと思うんです。その辺は、自分としてはよかったと思っています。

池上　この「ぎなのこるがふのよかと」というのは、読んだことはありますが、どう発音するのかわかりませんでした。いま初めてわかりました（笑）。

葉室　いや、これは水俣だから、熊本県の方言です。僕は福岡県の、それも北九州なので正確な発音ではありません（笑）。

上野英信のつくし／思い出語りの葛藤／『蜩ノ記』に込められた若き日の昂ぶり

池上　上野英信さんには、学生時代に会いに行かれたそうですね。

葉室　そうですね。九州でそれなりに本を読んでいる学生だったら、みんな上野さんのことは知っていたんです。で、俳句の先生に紹介してもらって、話を聞けるというので行ってみたんです。当時の僕は本当にチンピラで、いちおう「こういうことをお聞きしたいです」というのを考えて行ったんですが、いま考えると本当につまらない話でね。よくそんなこと聞きにいったな、と恥ずかしくなるような話だったんですけど。

で、行ってみたら上野さんが「おう」って感じで迎えてくれてね。奥さんが料理を出してくれる。ノンフィクション作家はみんなそうですが、上野さんも清貧なんですよ。お金はないけど、でも来る者こばまずで、全国から来る活動家やいろんな人を温かくもてなしてくれる。僕が行ったときは、奥様の晴子さんがつくしの玉子とじを作ってくれた。上野さんが「きみが来るから、僕が昼間、つくしを近くの土手で取ってきたんだよ」と言われた。若い男の子としては、ぐっと来ますよね。尊敬している人が、俺のためにつくしを取ってきてくれる、なんて。上野さんは、訪ねてくる人にはそうやって、分け隔てなく、見返りを求めずにもてなしてくれる。自分が記録文学として追っている筑豊の炭坑労働者に関心を持ったひとは、分け隔てなくもてなし、理解者を広げねばならない。それは自分がしなければならないことだ、と思っておられたんでしょう。そういう大人になりたいな、とものすごく思いました。結果としてはそういう大人にはなれなかったけど（笑）。

だから、上野さんの話を僕なんかがしていいのかな、という思いもあるんです。上野さんと活動をともにした活動家はいっぱいいらっしゃって、僕なんかは通りすがりの小僧っ子ですよ。そんな人間が、たまたま直木賞作家という形で上野さんのことを話すと、なんだかいかにも親しかったように思われるし、作家になって上野さんの弟子であると名のり出したみたいな受け取られ方もする。本来、青春の思い出として黙っているべきことだな、と思います。だから、なるべく話すことはしないようにしようという、自戒はずっとあるんです。でも逆にいうと、たまたまそういう形で話をできるというのも、いいことかもしれないです。『蜩ノ記』（祥伝社文庫）で戸田秋谷を書いた後に、これは自分が上野さんを訪ねたときの話だ、と思ったんです。要するに、檀野庄三郎という若い侍が、戸田秋谷が一揆の相談をしている農民のところに出かけていく。弾圧され、犠牲者が出るだけだから制止しにいくんです。上野さんは炭坑労働者とともに戦うひとでしたが、ここではそういう設定です。この時、秋谷についていく庄三郎がなぜだか知らないが心の昂ぶりを感じるという場面があるんです。その気持ちが、上野さんについていきたいと思った自分の感覚だな、自分もそういう感じで上野さんと何かをしたいという気持ちがあったな、と、本にした後で思い出したんです。ですから、そういうことを、それなりに言える感じになったのは、自分としては幸せだなと思うんです。

四十にして焦る／生きてきたことの決着を／藤沢周平との共通点

池上　話を戻しますと、小説を書いていて、それと並行して新聞記者の生活もあったわけですよね。

葉室　記者時代も、四十代前半ぐらいにちょっとは書いていましたけど、それがしばらく途絶えて、五十を過ぎてからですね、本格的に書いたのは。四十ぐらいで、ちょっと焦りが出てきて、純文学みたいなものを書き始めるんですよね。「文學界」とか「群像」とかに送るんですけど、わりと一次選考、二次選考ぐらいは通るんですよ。でも、一次／二次に通って、その次はまた一次、となると、これを何年も続けていてもどうしようもないな、と思い始めるんです。中年ですから、もしすごい才能があって、書いたらとんとん拍子に行けるんだったらそのままやっていたのかもしれないけど、二歩進んで一歩退く、三歩歩いて四歩退く、みたいな感じだと、これではしょうがない。

池上　その当時は純文学志向だったんですね。いまの作品でも、漢詩の使い方もうまいし文章もすごくいいので、きっと純文学の人なんだろうなと思っていたんですが、ではなぜそこからエンターテインメントに行こうと思われたんですか。

葉室　もともと司馬さんや藤沢さんが好きでしたから、そういう作品を書きたいという、これは普通の感情としてあったんです。それが、五十歳になったときに書き始めたというのは、過去というものに対して、自分の中で振り返るというか、自分の生きてきた中での、いろんな意味での決着をどこかでつけたい。その枠組みとして、時代小説がいいのではないかと、考えて書き出したんです。書き出した中で、さらにいろいろ考えるんですよね。歴史小説って何だろう、時代小説って何だろう、と。それは単にひとつのジャンルということじゃなくてね。たとえば藤沢周平さんの『半生の記』(文春文庫)を読むと、藤沢さんは十八歳のときに終戦を迎えています。戦前の日本を御存じだったんです。時代小説を書くことによって、戦前の日本を、戦前の日本人を伝えているという面があるのではないかな、と思います。

池上　『半生の記』には、自分の後輩にアジテーションをして、海軍に入らせるエピソードがありますね。もし彼らが死んでしまったら、自分はとんでもないことをしてしまった、という悔恨が、ずっと彼の中にある。それが、藤沢周平の根っ子なんですね。そういう面もありますが、葉室さんの作品を読むと、やはり藤沢さんに似ている部分がありますね。

葉室　藤沢さんに学んでいるから、というのもありますし、経歴が似ているからというのもあります。藤沢さんは食品関係の業界紙で記者をやられていましたが、私も福岡の小さな新聞社で記者をやっていました。なので、小さい新聞社でのいろんな感情はすごくわかるんです。中年になって、自分が生きていて、その中で物事を考えるときの感覚みたいなものが、すごくわかるところがある。それは単純に怨念だとか何とかということだけじゃなくて、人がどうやって生きていくのか、ということが、小さな組織の中だとよく見えるんです。大きい組織だと、他の人が何やっているのかわからないし、自分も小さな歯車のひとつじゃないですか。でも小さいところだと、そいつが何かをしたからこうなった、というのがよく見える。そういう濃密な人間関係の中で、藤沢さんの海坂藩《うなさか》ものも書かれていると思うし、そこに自然と共鳴する。その辺の気持ちがわかるな、という部分はありました。

池上　そのへんの具体的な〝気持ち〟については、藤沢周平の作品を引用しながら実に詳しく『柚子は九年で』に書かれていますので、みなさんもぜひお読みになってください。

「桃栗三年柿八年、柚子は九年で花が咲く」／五十歳、六十歳、まだこれから／人生は戦場を歩くようなもの

池上　書き始めてから、受賞デビューされるまでどのくらいかかったんですか。

葉室　五十歳で書き始めて、五十三歳の年末ぐらいに新人物往来社から「賞を取りました」と連絡が来て、正式な受賞は翌年だったんですよね。本が出たのがその年、二〇〇五年です。で、松本清張賞をいただいたのが二〇〇七年。『柚子は九年で』という本を書きましたけど、考えてみたら、今年がちょうど九年目なんですよね。「桃栗三年柿八年、柚子は九年で花が咲く」なんていいますが、ちょうど今年がそうです。まあ、そうやって自分を励ましてきただけなんですけど、もしお話しする

ことがあるとすれば、人間って五十歳とか六十歳を過ぎてからの人生にも使い道がいろいろあって、たっぷりいろんなことができるんですよ、ということですね。

池上　おっしゃる通りです。たっぷりいろんなことをできるのに諦めている人が大勢いる。もったいないです。ところで小説の話に戻しますが、葉室さんの作品では、人間が生きていく上での悲しみや苦しみが高らかに謳い上げられていて、藤沢周平以来の美しさを感じました。どうすれば、こんなに高らかに謳い上げられるんでしょうか。

葉室　それはやっぱり、自分の人生とか何かをいろいろ考えることが当然の前提としてあると思うんです。「ポスト藤沢周平」という言い方があって、中年から書き始めた時代小説家にあてはめられることがありますけど、僕はこの言葉にふさわしいのは、亡くなられた北重人《きたしげと》（酒田市出身。一九四八年〜二〇〇九年）さんだったと思っています。北さんは藤沢さんと同じ山形の出身ですし、北国の憂愁が作品にもよく表れている。僕は九州人で根のところで明るいし、率直ですが、しっとりした繊細さはないと思います。松本清張賞の授賞式があって、その二次会みたいなところで北さんとお会いしたんです。そのとき僕はもう五十五歳ぐらいになって、これからどうしたらいいんだろうと、正直、思っていたんです。そのことを言ったら、北さんが「私はもう六十です」と言ってくれたんですよね。それですごく「優しい人だな」と思っていたら、二〇〇九年に直木賞候補になったとき、北さんも候補として並んだんですよ。山本兼一さんが受賞されたときです。山本さんが『利休にたずねよ』（PHP研究所、現在は文春文庫にもなっている）で受賞されて、私と北さんが並んでいて。それを、朝日新聞が「五十歳を過ぎた男が、こういう話を書いている」と記事にしたんです。これからずっと北さんとそうやっていくんだろうな、と思っていたら、その年に北さんがお亡くなりになったんですよね。受賞された山本兼一さんも、今年亡くなった。山本さんとは、さっきお話しした「オール讀物」座談会でお会いした一回だけで、次の座談会でお会いすると思っていたら、お亡くなりになってしまった。そういう意味では、三人のうち二人が亡くなってしまった、ということです。

僕らの年代って、そういうことがあるんです。生きていくというのは戦場を行進していくようなもので、どんどん銃弾が飛んできて、周りにいる人たちがばたばたと倒れていくんです。自分自身がどこまで生きられるのかもよくわからない。この間、地元の久留米に「小説すばる」の編集長が訪ねてきてくれて、いっしょに飲んで「これからもがんばろう」と言ってたんですけど、帰られて二週間後ぐらいに亡くなられてショックを受けました。四十六歳の若さでした。

「ポスト藤沢周平」とよばれて／「日本人とは何か」を考えた人々／ナイン・トゥ・ナインの生活

池上 高橋秀明さんですね。高橋さんに声をかけてもらって、「小説すばる」のインタビューの仕事で、福岡の帚木蓬生さんのところに行きました。高橋さんと一緒でした。あまりにも若すぎる死で、お葬式には作家も編集者もいっぱい集まってきました。他社の編集者も多かったですね。参列者はみんな泣いていて、あんなに女性作家のみなさんが泣いているのを見たのは、僕も初めてでした。本当に愛された人だったな、と思いましたね。実は、北重人さんが亡くなる三ヶ月前に、本講座出身の作家たちと一緒に酒田で元気に酒を飲んだんです。酒田祭りをご案内してくれて、その夜に飲みました。ものすごく愉快な酒で、冬にはもういちど飲もうと話をしていたんですが、かないませんでした。北さんはこの講座にも何度も来てくれたし、思い出もいっぱいあります。もっと長生きしてほしい方でした。

その北さんについて、葉室さんは『柚子は九年で』にこんな風に書かれていますね。

「中年以降に小説を書く仕事についた人間には、時間に対する特別な思いがある。作品を書くため自分に許されている時間はいったいどれくらい残されているのだろう、と考えてしまうからだ」

そして北さんが亡くなって、

「中年を過ぎて小説家になった者として、託されたものがある。そう思っている」

と。

葉室　さっきも言いましたけど、「ポスト藤沢周平」というのは、私の感覚では北さんだと思うんです。もし北さんがご存命だったら、そういう仕事をされていると思います。その辺がね、すごく悔しいことですよね。僕らも五十歳を過ぎて書いているから、自分の書きたいことが途中で絶たれることの無念さというのはあるんですね。山本兼一さんもそうなんだけど、亡くなられてからいろんなことを知っていくんです。僕は奈良時代を書いてるけど、山本さんの最後の仕事は平安京ものだったそうですね。仕事が意外とかぶって、交錯してるんですね。それは、それぞれの中で同じように何かを考えて、たぶん「日本とは何か」「日本人とは何か」を、仕事を通じて考えていらっしゃったんだと思います。ただ、そういう人たちがどうしても倒れていくというのが、切ないですね。

池上「託されたものがある」という思いがあるからでしょうか、いまいっぱい書かれていますよね。いま、雑誌に連載している作家としては、葉室さんがいちばん多く書かれているんじゃないですか。

葉室　それはどうかよくわかりません。連載の本数自体が他の人よりも多いとは思わないんですけどね。十本以上書かれている方もいらっしゃるし。ただ、僕は本にする切り上げがわりと早くて、五百枚以内で本にしていますから。人間としてせっかちなんです。早くやらないと気が済まないところがあります。それに、年齢がありますね。残り時間を考えるので、やれる仕事はやる、と決めていますから。生き急いでいると言われればそれまでですが。

また、「ペースが速い」と言われますが、別に書くペースが速いわけではなくて、書く時間が長いだけです。朝の九時から夜九時まで、ふつうに書きますので。もっと遅くなって日付が変わることもあります。こう言うと驚く人もいますけど、民間で働いている人ならそのぐらいは当たり前ですよね。新聞記者から聞かれて、驚かれるんだけど「ではあなたは朝九時から夜九時まで働いてないのか」というと、もっと働いていますよ。夜中の一時とか二時ぐらいまで、みんな働いています。その間、ソファで寝転がって昼寝していたり、酒を飲んでたりというのはあるでしょうけど。ただ、いま普通の民間で働いている人の中では、九時五時でしか仕事をしていません、という人はあまりいないんじゃないかな。

歴史はネタの宝庫／「葉室商店」ただいま繁盛／バクーニンの大誤算

池上　とはいえ、物語を創造していく上では、アイディアが枯渇しないようにしなければいけないし、なかなか真似できることではありませんよね。そんなに書けない人はいっぱいいますよ。ネタ帳みたいなものはあるんですか。

葉室　ネタ帳というのはないですね。

池上　佐藤賢一さんが直木賞を取ったときにインタビューしたんですけど、「僕は三十本～四十本はネタがあるんですよ」とおっしゃっていました。西洋の歴史で「あの時代が残っている」「あの時代には空白がある」といった具合なんですが、葉室さんも、日本の歴史における空白というのを、いつも考えていらっしゃるんじゃないですか。

葉室　僕は歴史小説と時代小説をそれぞれ書いているので、引き出しが多いみたいに見えるんだと思います。それに、佐藤さんの話で出たように、歴史ものを書こうと思っている人にとっては、小説の素材は豊富なんです。あの時代を書きたい、この時代を書きたい、と。正直いって、私の現状は、自分の店の店頭に並べた品物だけで商売をさせていただいていて、後ろにある棚にはまだ手を触れさせてもらっていない。編集者から「触れるな」と言われていて（笑）。

池上　でも、葉室さんぐらいになれば、自分の好きなものを書いてもいいんじゃないかと思いますが。

葉室　それはどうなんでしょうね。自分自身でもっと勉強して、来年ぐらいは勉強の期間に充てようと思っています。別に、自分が面白いと思うだけで書いてもしょうがないんですよね。それが必要とされている、ということが自分の中でつかめていないと、自分が「これは面白いよ、大事だよ」と思っている部分だけでやってもしょうがない。今度、『星火瞬《せいかまたた》く』という作品が講談社の文庫になるんですけど、これはロシアのアナーキスト、バクーニンが幕末の横浜に来ていたという話なんです。マルクスの論争相手であるアナーキストのバクーニンは興味深い人物で、僕は、バクーニンが日本に来ていたという話を書いたらそれなりに注目していただけると思っていたんですが、ほとんどの人がバクーニン自体を知らなかった（笑）。編集者に「プルードン、クロポトキン、バクーニンというアナーキストの流れを知りませんか」と問いかけても、答えがなかった。いまだに、そういう空振りを何個も繰り返して、時代の中で必要とされるものを考えています。いまの時代の中で、これはどういう意味を持っているのか、というのを考える必要があるんですね。

凛とした人の姿を／美しき清貧の人々／日本人の根っ子を探るのが歴史小説

池上　直木賞を受賞した『蜩ノ記』はどんな感じでアイディアが浮かんで、どのように作り上げたんですか。

葉室　これは、担当の日浦さんから「男の覚悟を書いてほしい」というようなことを言われたんです。

祥伝社・日浦　武士の矜持と覚悟、凛とした人間の像を描いてみませんか、というお話をしました。実は『蜩ノ記』は時代小説になる予定ではなくて、最初にお会いしたとき葉室さんは「歴史小説を書きたい」とおっしゃっていたんですが、次にお会いしたときには時代小説のあらすじができていて、「いいですね、これでいきましょう」となりました。

葉室　はっきりしたでしょう。歴史小説は書かせてくれないんですよ（場内笑）。

池上　でも、名作になったからいいじゃないですか（笑）。本当に凜とした男、武士の心意気というかな。美しいですよね。こういう人間の姿がお好きなんですね。

葉室　さっき、上野英信さんのお話をしましたけど、清廉な人間はいるんです。こんな立派な人はいないよ、なんて言われますけど、俺は上野さんを見ているから、というのがすごくありますね。上野さん自身に関してもいろんな批判はあると思います。運動をやってきた中で、そのやり方についていろんな立場からの批判もあるでしょうし、家庭では亭主関白だった、とかいろんなことが言われている。ただ、生き方の根底にある、人間としての矜持とか優しさとか、そういうものを自分としては上野さんから受け取っているので、そういう人を書くことにためらいはないです。僕は、ほかにも、そういう闘いとか運動をやっていた人を存じ上げている。たとえば豆腐屋をしながら歌人として世に出た大分県中津市の松下竜一さん（一九三七年〜二〇〇四年。代表作『豆腐屋の四季』）。松下さんは、豊前火力発電所建設阻止闘争を戦って市民運動に携わり続けます。断っておきますが、僕はそういうひとたちとともに闘ったというわけではないです。関心を持ち、会うことができた、というだけの人間です。ただ、そういう人たちを見ているので、清貧の中で凜とした生き方をする人間はいない、という言い方に同意はできないです。

池上　この講座の常連作家だった打海文三《うちうみぶんぞう》さん（一九四八年〜二〇〇七年）も、清貧の人でした。徳間書店の国田さんが連れてきてくださったんですけど、「俺の年収知ってるか、百五十万だよ」とか話をしていましてね。水頭症の息子さんがいて、苦労されていたんですけど、でも売れる作品を書きたい、というふうにはならなかった。妥協をしなかったんですね。打海さんも亡くなってしまいましたけど、本当に、そういう人を身近に見ると、凜としたものがあるんですね。清貧の中で凜とした生き方をする人がいる。

葉室　それは、時代とかいろんなものがあると思うんですよ。日本人は、戦争に負けてから自分たちの歴史というか、「大きな物語」を失っているので、自分たちはどう生きていったらいいんだろう、と迷うんです。「大きな物語」がないから、個々人の生き方だけですよね。そうすると、後から来る世代は、自分がどう生きていったらいいのか、なかなかわからないですよね。よく「自分探し」とかいいますけど、自分を探してもしょうがないです。自分が生きていく意味というのは、自分たちの親や、その親、さらに何代も前の先祖たちが生きてきた歴史の中にあるはずだ。そこにどうたどり着いていくのかということを、考えなければいけない。

日本って特別な歴史があって、明治維新で過去の日本を否定しますよね。そこから、皇国史観的に、日本とはこうだったんだという歴史を作りました。当時は西欧型の近代国家を造らなければ、植民地にされるという危機感があった。どうしたらいいのか、と考えたときに天皇を皇帝のように擁した統一国家しかないということになった。ほかに方法を思いつかなかったんですね。

当時の世界はプロシアにカイザー、ロシアにツァーリ、フランスだってナポレオン三世が支配していた。ヨーロッパに対抗するには皇帝が必要だ、と明治のひとたちは考えたのでしょう。それで京から東京に遷都して、明治天皇制を作ったのかもしれないですね。岩倉具視を代表とする使節団が世界をまわって、もっとも手本にしようとしたのはプロシアです。大久保や伊藤博文らはひそかに天皇をプロシアのカイザーに擬し、自らを鉄血宰相のビスマルクに擬したのではないかと思います。だけどこの前の戦争で負けたから、だめだったという話になる。敗戦後、自分たちは何者なのかがわからなくなる。「大きな物語」が作られていない。そのつらさがあるんですよね。戦後すぐはしかたがなかった。飢えていたから。まず食わなければいけない。戦後復興のリアリズムがすべてに優先しました。しかし、経済の高度成長期を経て食えるようになると、胸に虚しさを感じる。司馬さんでも藤沢さんでも戦前を知る世代が日本人とは何かという大きな問題を背負っていた時代は、まだよかったけれど、その方たちが亡くなられると、いまの世代は自分たちが何者なのかわからなくなる。手にすることができる、味わうことができるのは刹那的な快楽だけだから。自分自身が味わえる快楽、たとえばお金があるとか、あるいは欲望のゲームのような男女の関わりであるとか。そういうものが、刹那的に自分の欲求を満たしてくれるから。それしか信じられない。

明治以降に作り上げた、国家の「大きな物語」が虚構だったと気づいたら、実感のあるものにしかすがれないんですね。しかし、それでは欲望に振り回されるだけで、ニヒリズムの地獄に落ちるから、違う方向を目指すというときに、また変てこな論理が入ってきちゃうんです。「戦前に戻ればいいじゃないか」という。でも戦前でもだめなんですよ。西欧型国家を模倣して作り上げた虚構だから。戦前に戻っても、もう一回同じ破滅に行き着くだけです。だから、そうじゃないところの、本当の日本であるとか日本人というものを、歴史／時代小説の中で探りたいという気持ちがあります。いろんな作家さんも、そういうふうには言わなくても、実はあるんだと思う。自分たちの生き方の根底を歴史の中で探ろうとして、歴史小説というのは書かれているんじゃないかな。そういうふうに思います。

池上　『銀漢の賦』（文春文庫）の中にも「花の美しさは形にありますが、人の美しさは覚悟と心映えではないでしょうか」という一節があって、こういう箴言が素直に文学の中で光り輝くことはなかなかないんですけど、葉室さんの場合は光り輝いてますよね。

葉室　自分としてはふつうに書いていて、こういう言葉を書いたりするときは、たいがい次のストーリー展開しか考えてないんですよ。次はどうしよう、ということだけ。頭の中ではそうなので、フレーズとしては、そのときの気持ちに素直に書いています。

芸術家は「もう一つの修羅」／フィクションには本当のことしか書けない／小説を書くのは、心の歌をうたうこと

池上　『乾山晩愁』や『恋しぐれ』（文春文庫）もそうですが、芸術家小説が多いですよね。そして今回の新作『天の光』（徳間時代小説文庫）もそうです。こういう、芸術家の話を書きたいんですか。

葉室　『乾山晩愁』はデビュー作ですから、それが自分の書きたいことだったんだ

ろうな、と思います。

池上　『恋しぐれ』は与謝蕪村、そして『天の光』は仏師、彫刻家の話ですね。

葉室　評論家の花田清輝が書いていますけど、連歌師のことを「もう一つの修羅」と表現していたんですよ。武士が血で血を洗う生き方をしていくのを「修羅の道」と言いながら、それ以外に、連歌師というか、芸術家も「一つの修羅の道を行くのだ」という言葉があって、それが好きなんです。芸術家の生き方の中での修羅の道を書いてみたい、というのが『乾山晩愁』のときからあって、やっぱり、人が生きる中での苦しみとか切なさとかそういうものは、芸術表現をどうしようかと考えている俳人とか彫刻家とか、そういう人たちの中にいちばん表れると思っているところがあります。だから、書きたいものではあるんですよね。

池上　なおかつ、今回の『天の光』では夫婦愛に結実させていて、なかなか泣かせますね。

葉室　もともと書き始めのときは、司馬遼太郎さんみたいな歴史ものを書こうという気持ちがけっこうあったんですよ。でもぜんぜんウケなかった（笑）、気が付いたら女性を主人公にした話をけっこう書いていて、書いているうちに、『橘花抄《きっかしょう》』（新潮文庫）みたいに女性どうしのバトルとか、そういうのを意外と好きで書くようになりましたね。なぜなのかよくわかりませんが、女の人がすごいいじめをするとかね、そういう女の人どうしの葛藤を書くのがなぜ好きなのか。自分でも謎なんですけど、さっきの講座では「意識的に」「目的的に」と言いましたが、そういうのがよくわからないままに書いていることがけっこうありますね。ただ、自分の中から出てきていることはたしかです。自分の頭ではわからないんだけど、こういうシチュエーション、こういう言葉が好きだな、そこに何かがあるな、と感じてしまう自分がいる。そのことははっきりしているので、それに沿って書いているという感じです。

池上 先月ここに来てくださった中村文則さんも、「小説のテーマはぜんぶ自分の中にある」とおっしゃっていました。いちばん面白かったのは、「書くことがない、と思ったときは、秘密のノートを作って、誰にも言えないことを書きなさい。いっぱい出てきますよ。僕はそのノートをいっぱい持っています」ということでしたね。心の中にはそういう欲望とか秘密というのがあるので、絶対そこは小説になると思うんですけどね。

葉室 小説というのは基本的にフィクションで、嘘なんですけど、しかし書くことは本当のことしか書けないんです。自分の中にないものは書けない。書いてみて、

「これは自分の中にあるものかな」というのをお考えになったら、だいたい結論は出ますね。技術的にうまく作り上げてもしょうがないし、それが読者に感銘を与えることもあまりない。技術は手段であって目的ではない。人に伝わるのは、本当の言葉だけです。

池上　いま葉室さんは新人賞の選考もされていますが、新人にどんなことを求めますか。あるいは、葉室さんが藤沢周平と比較されるように、先行する作家との違いを出していかなければいけないときに、どのようなアドバイスをされますか。

葉室　選考はたまたま一回やっただけで、選考委員としてはぜんぜん新人です。なので選考員としてのスタンスというのはないんですけど、ただ、基本的に、虚構の話だけど嘘の話は聞きたくないんです。その人の本当の心の歌を聞かせてほしい。僕は、小説を書くというのは心の歌をうたうことだと思っているんです。その人にとって大事なこと、これは譲れないということですね。他の人から見てつまらないことだったりもするんですよ。どうでもいいだろう、捨てていけばいいじゃないかというような。でも、それがどうしても譲れない。それに自分で向かい合うかどうか、それが書けているか書けていないかの違いじゃないかと思いますよ。自分が、書かないでいいと思っていることは、書かないでいいんです。書かなきゃいけないことだけを書くんです。

池上　「心の歌をうたえ」。いいですね。これで今回のテーマが決まりましたね（笑）。

ペンネームに隠された誤算／現代小説の縛り「現状肯定」／芸術の極致は「もののあはれ」

池上　ではここで、受講生からの質問を受け付けたいと思います。何かありますか。

――まだ小説を書いたことはないんですが、自分の過去と向き合うために書いてみようと思い、構成を練り始めました。過去のことを、リアリティをもって伝えるためには、葉室先生はどのようにされているのでしょうか。取材のやり方など、教えてください。

葉室　時代小説のリアリティというのは、ひとつは勉強が必要なんですよね。約束事とか、当時の風習とか。近代の言葉が混じると違和感があるとか、それから当時の社会風俗とか、身分制度から考えておかしいんじゃないかと思うこと。その辺の勉強というのは、さっき「心の歌」という話をしましたけど、ただ知っておかなきゃいけないことは知る必要があります。いまは、僕はさほどそれにこだわらないで書きますけど、もともとは、そういう風俗関係の資料はかなり読みました。そこがものすごく大事で、それだけ書けばいいものではないけど、一定の程度は求められますね。その辺の知識を増やしていくことは大事です。その上に立ってどう書くか、というのがいちばん大事ではあるんですけど。

——葉室麟、というペンネームの由来はなんでしょうか。

葉室　これは必ず聞かれるんですけど、理由がないものですから、答えられないんです（笑）。最初に『乾山晩愁』を応募したときに、ペンネームは何がいいかな、と五秒ぐらいで考えたんですよね。「葉室」って姓はいいな、「麟」は勝麟太郎の「麟」だからいいな、という具合に。ただ、すっごい誤算だったのはね、サインするときに画数が多い（笑）。それともうひとつ、インターネットとかで見るとですね、「葉室麟」という名前からして女性だと思っていたという読者が多い。三十代の美しい女性だと思っていたのに、画像を見たらただのおっさんや、みたいな（場内笑）。そうやって勝手にがっかりされたりしています。

——時代小説を書こうと思ったきっかけを教えてください。現代小説との違いはなんでしょうか。

葉室　先ほど申し上げたこととほぼ重なるんですけど、現代小説との違いということでいうと、小説そのものとしてはあまり違いはないと思っています。ただ、時代小説という枠組みにしたことで書きやすくなる部分がある。現代小説は、逆に言うと現代に縛られるんです。いまの日本の状況に縛られる。いまの日本の位置ということに縛られて、それを肯定しないといまの日本では生きていけないんですよね。だから、それを肯定する形で小説も書かざるを得ない部分がある。それに対する反逆として書くことは可能なんだけど、それが本として出版されるということは、根底的には肯定しているんです。出版社なり何なりに、受け容れられているわけですから。ということは、現代に縛られた中で書かざるを得ない。それから少し離れることは、「これは過去の話ですよ」という言い方の中で許される。例えば江戸時代でも、幕府の批判めいたことは「これは南北朝時代の話ですよ」ということにしましたよね。『仮名手本忠臣蔵』で、吉良上野介が高師直《こうのもろなお》に変えられたみたいに。そういうふうに、過去に持っていくことによって、現代について語ることができる。これは丸谷才一さんもたしか、「時代小説は現代への批判だ」ということをおっしゃっていましたね。そういう面がある。逆に言うと、現代への批判も含めたジャンルとして書くことができるのが、時代小説だと思います。

――地方紙記者の経験が、作家になってから反映されたものはありますか。

葉室　新聞記事とかノンフィクション系と、フィクションは書くときの筋肉が真逆なので、書く技術としてはあまり役に立たないところがあります。僕はいまだに癖になっているんですけど、新聞原稿というのは情報が多ければ多いほどいいので、文脈とか関係なくどんどん詰め込むんです。それと、必ず前提として、デスクから問い返しが来るんです。「これは何だ」といって。それをちゃんと入れておきたいんです。「これはここから出てくるんだ」というふうに、余計なことまで書いちゃう。そういう意味では、小説とは違うので、書くという行為において何かになっているとはあまり思わないんですが、ただ、人に会った経験という点においては、若干あるかな。社長さんから政治家から暴力団、それこそ人を殺した人まで含めて、いろんな人に会っているので。そういう意味で、ふつうに生きていく中でのリアリティの確保みたいなことは、職業柄で出来ちゃっているところはあるかなと思います。

――『乾山晩愁』で、乾山の花籠図の三つの籠を、人と重ね合わせる場面がありま す。人の情を偲ぶことは、小説を読むことと共通しているのではないでしょうか。

葉室　これは単純にいうと、共通していると思います。要するに、日本の芸術って

『源氏物語』とかを反映するわけですよね。ものすごく単純化していうと、本居宣長が『源氏物語』を「もののあはれ」だといいましたよね。「あはれ」というのは感嘆詞です。何かに感嘆する、心が動くことが最も大事なんだ、というのが宣長の源氏鑑賞における結論だろうと思うんですが、そういう意味でいうと、小説というものがどこに向かっているかというと、読んだ人の心が動くことです。どう動くかは知りませんよ、「何だこの小説は」と、怒りになるのかもしれない。ただ、心が動くというところに向かっている。それは感情ですよね。そういうところにあるんだと思います。

池上　葉室さんの小説は、読んだ人の心を大きく動かしますからね。今日はたっぷりとお話をうかがうことができました。ありがとうございました。

（ｗｅｂ「小説家になりま専科」二〇一四年八月二十七日）

第四章　掌編、絶筆

芦刈

京の祇園に住む扇面絵師、芳賀高雄の家に思いがけない客が訪れたのは、春先の昼下がりのことだった。

長閑《のどか》な陽の光が差し込んで土間に格子戸の影を落としている。高雄はこの日も朝から紺の筒袖にカルサン袴《ばかま》姿で扇の絵を描いていた。すでに四十歳だ。総髪で細面のどこといって特徴のない地味な顔立ちだ。もとは武士だったらしいが、京に出てきて狩野派の絵師となった。だが、障壁画や屏風《びょうぶ》絵を描く絵師としては売れず、いまではもっぱら扇絵を描いていた。どうしても高名な絵師になりたいというほどの意欲は無いらしく、一介の扇面絵師としての日々を淡々と過ごしている。いま描いている絵は、烏帽子《えぼし》をかぶり、短袴《たんこ》姿で苫を刈って売り歩く貧しい男と従者が共をする牛車に乗ったあでやかな女が出会う、能の〈芦刈〉の場面である。

貧しさゆえに夫と離縁して京に上った女がやがて高貴な身分の人の乳母《めのと》となり、落ちぶれて芦を刈る夫を探し出し、ふたたび結ばれて京に戻るというめでたい話だ。

隣室では、世話するひとがあって去年、妻とした、たつがひっそりと繕《つくろ》い物をしている。容貌などに際立ったところはないが、貧しい暮らしに愚痴を言わない控えめな女だ。

「もし、こちらは絵師の芳賀高雄様のお宅でございますか」

町家の入口から女の声がした。たつが出ていき、金糸、銀糸で御所車が描かれた唐織の打掛《うちかけ》を着た女が立っているのを見て息を吞《の》んだ。貧乏絵師が住む町家に訪れる客ではない。恐る恐る格子戸を開けて、

「どなたさまでございましょうか」

と訊《き》いた。女はじっくりとたつを見てから、

「香苗と申します。お取次ぎをお願いいたします」

と告げた。描きかけの扇面に向かっていた高雄は振り向いて土間の向こうに立った女人の顔を見た。色白の上品なととのった顔立ちの女でほっそりとした体つきを

している。女人の後ろにはお付きの者らしい女中がふたり立っていた。

女人は高雄に気づいて、

「入ってもよろしゅうございますか」

と声をかけた。たつが戸惑った表情で高雄を振り向く。高雄は憂鬱《ゆううつ》そうにしながら、

「ああ、どうぞ」

と答えた。土間に入ってきた女人は、落ち着いた声で、

「おひさしぶりでございます」

と言って感慨深げに頭を下げた。目が潤み、声が湿っているようだ。

高雄はたつに向かって、

「昔の女房殿だ。何を思い立ったのか、もはや、市井の絵師に過ぎぬわたしを訪ねてきてくれたようだ」

とあっさり告げた。たつはおびえた表情になり、香苗を見つめた。

「上がらしていただいてもよろしいでしょうか」

香苗は遠慮がちに言いながら家の中を見まわした。質素な暮らしをしていることはひと目でわかる。

「構わぬが、何分にもあばら家だ。お付きのお女中たちが気の毒だ」

「いえ、あの者たちは玄関先で待つと存じます」

「そうか、無理に上がらせる家ではないな」

高雄は自分に言い聞かせるようにつぶやいた。

香苗は、座敷に上がって座ると、高雄がいま、どのような境遇にいるのかを気遣う表情になった。たつは香苗の視線を感じると急いで台所に行って、手早く茶を沸かした。ふたつの茶碗を持ってくると、高雄と香苗の前に置いた。

高雄は不意に訊いた。

「わたしが国を出てから何年になるかな」

「あなた様が、ご同役の相羽伝七郎殿を斬って逐電されてから、はや十年が過ぎたのでございます」

香苗はさりげなく答える。台所で高雄がひとを斬って脱藩したらしいという話を耳にしてたつは凍り付いたようになった。全く聞いていない話だった。

「まだ昨日のような気がするな。伝七郎を斬った手ごたえがまだ手に残っている」

両手の掌を高雄は見つめた。絵具で汚れた指がかすかに震えた。

「国を出奔されたあなた様の消息は十年間、伝わって参りませんでした。それでも近頃になってようやく京で絵師をされていると京を訪れた藩士が耳にしたのでございます」

香苗は静かに言った。

「国を出て、どうしようかと思ったが、早々に武士であることは捨てた。好きだった絵を描いて生きていくことは思いのほか楽しかった」

高雄が感慨深げに言うと、香苗は膝を乗り出し、真剣な面持ちで口を開いた。

「十年前、家中ではご家老、樋口庄左エ門様と側用人の小山田源兵衛様の派閥争いが激しく、あなた様は樋口様の懐刀と言われた相羽様を斬って藩を出られました。争いはその後も続きましたが、昨年、ご世子《せいし》様が家督を継がれ、藩主となられてから、ようやく派閥争いは止みましてございます」

何も答えず、高雄は香苗を見つめている。

「わたくしはあなた様が脱藩された後、小山田様の推挙で奥に上がり、幸いなことにご世子様の奥方様に気に入っていただき、奥女中頭にまで取り立てていただきました」

「脱藩した者の妻が奥女中頭に取り立てられたのか。珍しい話だな」

高雄は首をかしげた。

「脱藩した藩士の妻が奥で取り立てていただけたのは、小山田様のおかげでございますが、もとはと言えば、あなた様が相羽殿を斬られた功によるものでございます」

「なるほどな、そう聞くと筋は通っているようだ」

高雄は物憂げに言った。

「きょう、わたくしが参ったわけはもうおわかりでございましょう。殿様は過去の派閥争いを水に流すおつもりなのです。相羽殿が小山田派の方を数人、ひそかに殺《あや》めていたこともわかりました。それゆえ、あなた様の脱藩の罪も許され、ご帰国がかなうことになったのでございます」

香苗は嬉《うれ》しそうに言った。高雄は冷淡な面持ちのまま口を開いた。

「わたしは相羽の屋敷であ奴を斬った後、いったん、屋敷に戻ってそなたに別れを告げたはずだ。あのおり、わたしがなぜ相羽を斬ったのか、そなたに話したと思ったが、違ったのか」

香苗は驚いた表情になり、ゆっくりと頭を横に振った。

「何も申されませんでした。あなた様はひどくあわてておられましたから」

高雄は大きく吐息をついてから言った。

「そうか、やはり言えなかったのだな。相羽はあの日、わたしがかつて江戸詰めだったころ、国許《くにもと》にいたそなたが家中の者と不義密通をいたしたと言いおったのだ」

香苗は目を瞠《みは》った。

「まさか、そのような根も葉も無い虚言を信じられたのですか」

高雄は目をそらした。

「相羽はおそらくわたしを喧嘩《けんか》沙汰に引きずりこんで斬るつもりだったのだろう。しかし、わたしはかっとなって、その場で相羽を討ち果たしたのだ」

香苗は頭を横に振って言葉を継いだ。

「それは存ぜぬことでした。ですが、もはや、すべては終わったのでございます。わたくしと国許に戻ってはいただけませぬか」

香苗が手をつかえて言うと、高雄は微笑《ほほえ》んだ。

「わたしは今日まで、いずれは国に帰りたいと思っていた。だが、そなたに会って夢だとわかった」

「なぜにございますか」

高雄は答えずに扇面に向き直り、絵筆をとって、ふたたび芦を刈る農夫の絵を描き始めた。もはや香苗への関心を失ったかのようだ。

「それは何の絵でございますか」

訝《いぶか》しげに香苗は訊いた。

「能の〈芦刈〉だ。この話は〈大和物語〉にあるそうだ。能では夫婦がふたたび、結ばれるが、もとの話では女はすでに人の妻になっており、ひとりで京に戻るそうな。別れた夫の和歌がまことに哀れだ」

高雄はそう言って歌を詠じた。

君なくてあしかりけりとおもふにもいとど難波《なにわ》の浦ぞすみうき

悪《あ》しかりと芦刈をかけ、妻がいなくなって寂しく不遇な日々を過ごしていることを嘆いたのだ。夫は妻に見つかると落ちぶれたわが身を恥じて逃げ隠れする。そして妻の従者に見つかると、これを差し上げてくれ、と和歌を認《したた》めた手紙を差し出した。従者は下人のような男が手紙を書いたことに驚きつつ、妻に渡す。妻はこれを読んで、

——かなしきこと物に似ず、よゝとぞなきける

この世もないほどに泣き崩れたが、どうすることもできず、京に戻るのだ。

高雄はさりげなく言った。

「相羽はそなたの不義密通の相手はわたしが属した派閥の領袖である側用人の小山田源兵衛様だと言った。わたしは屋敷に戻ってそなたを斬るべきだと思ったが、そなたをいとおしむ気持が強く、できなかった。あるいは、相羽が虚言を弄したのかとも思ったのだ」

「さようでございます。相羽殿は偽りを申してあなた様を陥れようとされたのです」

香苗は懸命に言った。そんな香苗を高雄は悲しげに見つめた。

「不義密通のことはわからぬ。ただ、そなたの目にはわたしの貧を蔑《さげす》み、おのれの出世を誇る色がある。小山田様の推挙で奥女中になったそなたにとって、この十年は満足な歳月だったのではないか。ひがみだと思うであろうが、わたしはいまの暮らしに満足している。いつかは国に戻りたいという思いもあったが、今日になって

失せた」

高雄は扇面に絵筆を走らせ、もはや香苗を見ようとはしなかった。香苗はなおも、

「わたくしは――」

と言いかけたが、台所のたつの気配を感じて口を閉じた。しばらくして諦めたように静かに香苗は去った。高雄はため息をつき、たつに声をかけた。

「茶がぬるくなったようだ。かえてくれ」

たつは嬉しげに、はい、と答えた。


（「読売新聞大阪本社版」二〇一六年四月三日）

我に一片の心あり　西郷回天賦

我に千絲《せんし》の髪《かみ》有り
毿々《さんさん》として漆《うるし》よりも黒し
我に一片《いっぺん》の心有り
皓々《こうこう》として雪よりも白し
我が髪は猶《なお》断つ可《べ》し
我が心は截《た》つ可からず

西郷吉之《さいごうきちの》助《すけ》が奄美から鹿児島に帰ったのは、文久二年（一八六二）二月のことである。吉之助を乗せて奄美を出発した船は、海の時化《しけ》により鹿児島湾に入れず、枕崎に着いた。

吉之助は、船の柱に結び付けていた黄色い小さな旗を取り外して懐に入れた。奄美を出発するときに、妻の愛加那《あいかな》が航海の安全を願って持たせた琉球の小さな旗である。琉球は清国との貿易の際、国籍を明らかにするために小さな旗を船に掲げるのが常だった。黄色地に赤い丸が描かれているその旗は太陽《ていーだ》と呼ばれている。

港には吉之助を待ち受ける武士たちが出迎えていた。弟の西郷吉二郎《きちじろう》をはじめ、誠忠組の同志たちである。

吉之助が桟橋を渡り始めると、ごうっと強い風がふいた。吉之助は一瞬目がくらんで体勢が崩れた。そのとき脳裏に錦江湾で入水した月照の顔が浮かんだ。

(月照様……)

「西郷どん、危なかど」

武士たちが手を差し伸べようとしたとき、吉之助はざぶんと大きな音を立てて海中に転げ落ちた。誠忠組の武士たちがすぐに両刀を放り投げて海に飛び込んだ。周りの水夫たちも吉之助を助けるため、次々に海に飛び込んだ。

吉之助は海の中でもがきつつ、

(やはりおのれだけ助かったと思ったらいかんな、月照様のお教えじゃ)

と思った。

そのとき、緑色の海水の中から、ゆらりと大きな魚が近づいてくるのが見えた。黒い背びれに青白い腹をした鮫である。鮫の口から大きな牙がのぞいている。鮫は何を思ったか吉之助に向かってきた。助けに飛び込んだ武士の一人が、海水を叩いて大きな音をたてた。すると鮫はすっと方向を変えて去っていった。

吉之助は水夫たちによって助けられ、桟橋に上った。周りを見渡すと、出迎えの武士たちの中に大久保一蔵《おおくぼいちぞう》の姿がないことに気がついた。一蔵は吉之助にとって長年の同志であり、当然迎えに来ているはずだった。すると今しがた見た鮫が、一蔵だったかのような気がして、ひやりとするものを感じた。

吉之助は、薩摩藩士のうち尊攘派である誠忠組の頭領だった。吉之助が奄美へ流されてからは、一蔵がその座に就いた。今の一蔵にとって、吉之助は邪魔者かもしれない。

そんなことを思ったとき、

「一蔵どんは鮫のような男になったかもしれん」

吉之助はつぶやいた。

ずぶ濡れになった吉之助は、そのまま弁指《べんざし》である立志清右衛門宅に運ばれた。屋敷の一室に案内され横たわると、海水をしこたま吐いた。自分は戻ってきて良かったのだろうか、という思いが湧いた。

(あるいは、戻らん方が良かったのかもしれん)

薄暗い天井を見あげながら吉之助はそう思った。

※吉之助が陸路で鹿児島へ向かう経緯を書く。二月十二日、吉之助は薩摩に入った。

一蔵が段取りをつけて、吉之助は久光と会うことになった。

だが、吉之助には主君斉彬を毒殺したのは、久光の母お由羅を中心とした反斉彬派ではないかという疑いが今もあった。だから、心を開く気持ちは最初からなかった。

吉之助は久光に対し、今回の上洛は無謀であると最初から正面切って反対をした。

「此度の思い立ちは順聖公《じゅんせいこう》(斉彬)様だからこそできることで、他の者では無理でございもす。それを押してやれば必ず混乱が起き、薩摩にとっては災厄を招くことになりましょう。してはならんことでございもす」

とはっきり言った。

久光は吉之助を睨んで、

「それはわしが兄上に劣るということか」

と苦い顔で言うと、吉之助は、

「そうでごわす。斉彬公に勝るお人はおられません」

と答えた。

久光は吸っていた煙管《きせる》を煙草箱に叩きつけ、

「ならばもうよい。下がれ」

と吐き捨てるように言った。

吉之助は両手を添えて頭を下げながら、かなり大きな声で、

「地五郎《じごろ》(田舎者)め」

と呟いた。

※その後、一蔵は懸命に吉之助を説得した。吉之助は下関へ向かうことになった。
※吉之助が下関に向かう経緯を書く。

三月十三日――

鹿児島を出発した吉之助は、熊本、福岡を経由し下関へと向かった。白石正一郎《しらいししょういちろう》宅に到着したのは同月二十二日のことだった。

下関で吉之助は、大坂の地で尊攘派の浪士たちが、久光の上洛に合わせて決起しようと目論んでいるということを耳にした。その騒ぎを鎮められるのは自分しかいないと思い、吉之助は迷わずに大坂に向かった。

吉之助が大坂に向かったことを知った久光は、

「おのれ、西郷は逆臣である」

と憤った。

激怒した久光は、吉之助に切腹を命じようとする。一蔵がどんなにとりなしても、聞き入れてもらえない。

一蔵はどうしたものかと思い、大坂に向かった。そして、やはり吉之助は使えないという考えがまとまった。

旅館にいた吉之助を浜に呼び出した一蔵は、懐に短刀を入れていた。刺し違えるというより、吉之助を刺してしまおうという覚悟を決めていた。

吉之助は何事かを察したように、いきなりごろんと大の字になった。

「一蔵どん、いつでんよかど」

と笑いながら言った。刺すならいつでも刺せということだろう。

一蔵は西郷の言葉にうなずくと、

「そうさ、吉之助さあは斉彬公に見いだされ、いつでん日の当たる場所を歩いてきた。じゃけん、おいの気持ちはわからんとじゃって。おいはそいとは全く違う、日陰で石を積み上げて今の力を得てきた。おいの今の力には苦しさがこもっとるとじゃ。だからおいは、今の力を守らないけん。吉之助さあのように日の当たる場所を歩くことは、おいには許されておらんのじゃ」

吉之助はむくりと起き上がると、一蔵の懐に手を突っ込んで短刀を奪い取った。

そして黒ダイヤのようによく光る両眼で一蔵を見つめた。

「一蔵どん、そいはおまんの言い訳じゃ。じゃからおいは聞かんかったことにする。人がどのように歩いていけるかは、その人それぞれじゃ。自分がそうしなければならないように宿命づけられているのは、言い訳ごわんど。もはやそげなことは言わんことじゃ。おいを殺そうとする心を捨てちゃる」

と言って、吉之助は短刀を空へ向かって放り投げた。短刀は途中で鞘から外れ、きらきらと月光に照らされながら海中に沈んでいった。

吉之助はさらに海に向かって歩いた。その瞬間、一蔵はごほっと咳きこんだ。口を覆った手の間から赤いものが流れた。

一蔵は空を見上げて、

「吉之助さあは言い訳だと言いなさるが、どのように生きるかを定められた者はやはりおっとじゃ」

一蔵が見上げた夜空から、すっと一筋の星が流れた。一蔵は涙がにじんだ目で浜辺の吉之助を見た。

「やっぱり吉之助さあにはかないもはんな」

一蔵は苦笑しながら立ち上がった。

吉之助は薩摩に送り返された。

久光はそれだけでは許さず、遠島を言い渡した。まもなく吉之助は、徳之島に送られた。

船の帆柱には太陽《ていーだ》の旗が掲げられていた。旗は青空によく映えて、はためいていた。

（「オール讀物」二〇一八年二月号）

葉室麟氏は、二〇一八年から『大獄』第二部を、「オール讀物」で連載開始する予定だった。ここに載せたのは最後まで推敲を重ねられていた序盤の遺稿である。

葉室麟　最期の言葉

初回は、鮫の男・大久保一蔵と、太陽の旗を掲げた西郷吉之助の話です。第二話では、沖永良部島《おきのえらぶじま》で吉之助の世話をする役人が出てきます。その役人の妻が、一蔵の異母妹だったようです。このことは、これから資料を見て確認していきますが、妹から大久保の心を伝えさせたいと思っています。

研究者のなかには、島津久光も本当は吉之助を殺すつもりはなかったと唱える人もいます。だからこそ一蔵の親族に吉之助の世話をさせたのではないか、と。この説をどこまで取り入れるか、多少考えてもいいかと思っています。そうでなければ、沖永良部の過酷な環境の中で、吉之助は簡単に生き延びることができない。ぎりぎりのところで、久光も吉之助を生かしておいたのではないか。このあたりが、次回の要《かなめ》になります。

二話目では生麦事件も起こります。その後、薩英戦争が起きて、一蔵は政局を混乱させる。そのとき、吉之助は手を尽くしてなんとか島から戻ろうとしますが、結局は戻れない。

一方で、一蔵は幕末の政局の中で長州を逐う（※1）という途方もない手に出る。一蔵がその事態をどう収拾すればいいのか分からない中、吉之助は長州を朝敵とすることで事態をおさめる——大体そんな流れで話は進んでいきます。

『大獄 西郷青嵐賦』、そして今回始まる『我に一片の心あり 西郷回天賦』、十二月に刊行した『天翔《あまか》ける』は、「これが歴史小説だ」といえるものを書いたつもりです。

西郷について思っているのは、横井小楠《よこいしょうなん》（※2）路線。横井小楠は、東洋の哲学——つまり儒教ですが、これを究めれば西洋の哲学に勝るとした人です。

明治以降の近代化は、東洋哲学と西洋哲学の対峙とも言えます。その一番象徴的なものが、権力交代を禅譲で行うということなのです。要するに、西洋には禅譲という発想がない。力で権力交代を行うのです。

なぜ日本の天皇制が尊いかといえば、親から子へ引き継いだだけではなく、やはり形として禅譲であることなんです。「徳」によって位を譲ってきた。争って権力交代をするのではなく、「徳」によって譲っていく皇室の在り方を尊敬するから、日本人の核となっていく。そういうところまで話を創っていくつもりです。この度、二百年ぶりの「退位」だといいますが、その言葉には違和感があります。それは「譲る」ことに意味があると思うからです。

西郷は東洋の哲学で政権交代をしようとしました。

幕末、松平春嶽《しゅんがく》（※3）や坂本龍馬とともに大政奉還という、ある意味で禅譲路線をいく。西郷は江戸無血開城で、それを成し遂げる。

ところがこの段階で、薩長が権力を独占できると気付いて、最初の段階では松平春嶽や公家と王政復古の政府ができるはずだったのに、薩長の官僚が支配する政府ができあがった。

そして、戊辰戦争です。本来は、戦争をすべきではなかった。でもその必要が最もあったのが長州です。長州は禁門の変によって朝敵とされていますから、自分たちの罪をほじくり返されることを恐れて、すべてを会津に押し付ける戊辰戦争が必要だったのです。そして、いきなり長州の政権にとって代わられ、西郷は孤立して鹿児島に帰る。これが第二部の連載の最後になります。

その後、薩長官僚政府は、国民を天皇制国家にまとめ上げます。自分たちの都合で、国民をまとめ上げるために天皇制国家を作って近代国家になっていくのです。このとき、「禅譲」で東洋哲学的な国家を作る道もあったのに、むしろ西洋化を急いで西洋の政治の国家を作り上げ、その外側に天皇制という枠組みを置いた。だからその後、日本は西洋と同じ侵略の道を歩んでいく。

西郷の戦った西南戦争は、一つの抵抗であったと考えることもできます。もし橋本左内が生きていて、幕末の大政奉還の時期に、左内と西郷が協力し合い民主主義的に勝ち取ることができれば、日本の在り様はずいぶん違っていたのではないか。現実にはそうならないにせよ、完結編となる第三部でその可能性というものを書きたい。

それから、これは先の話なんですが、私なりの『坂の上の雲』を書いてみたい。ずっと寝ながら考えていたのですが、司馬さんの作品は「歴史解釈がユニークだからいい」という話になりますが、実はいろんなエピソードのドラマ性の組み立てがすごく優れている。それが司馬さんの世界の魅力なんです。

『翔ぶが如く』で、川路利良《かわじとしよし》をフランスにやって、列車の中から話の始まることの秀逸さ、あれは本当に司馬さんの才能です。

で、考えていたら、僕なりの『坂の上の雲』を書けるかもしれないなぁ、と思って。日露戦争って実は、東洋における三つの革命――明治革命、ロシア革命、中国革命――のはざまで、ロマノフ王朝が滅びていく話です。三都物語であり、三家物語なんです。

僕が書こうとする『坂の上の雲』は、幕末からいろんな人間の流れの中で、それぞれの王朝の動きがあって、それが一つのロマノフの滅亡にどう向かっていくかという流れを書く。世界史の中でとらえるという新たな視点で司馬さんとは違う『坂の上の雲』が書けるのではないかな。

司馬さん好みの幕末のさわやかな男を出しつつ、人間臭い話ができます。

日本からは、例えば西郷従道《つぐみち》。そのころ朝鮮には閔妃《びんひ》暗殺にかかわったかわかりませんが、与謝野晶子の夫、与謝野鉄幹がいる。九州には宮崎滔天《とうてん》がいる。わが福岡藩には明石元二郎《もとじろう》がいて、彼は実際にレーニンに会っています。小村寿太郎《こむらじゅたろう》ら日露開戦にかかわった人々も九州出身です。福岡は不思議な人物が多いんですよ。そのあたりも書いていきたいですね。

西郷のあとは、坂の上の雲。がんばらないと。

これが私のこれからの仕事になるのかと。日本の歴史に大きな筋を書いていきたい、と思っています。

（「オール讀物」二〇一八年二月号）

（※1）攘夷を迫る長州藩と激派浪士を、薩摩・会津藩が京都から追放した「八月十八日の政変」を指すと思われる。

（※2）横井小楠　儒学者、熊本藩士。福井藩に招かれ幕政を指導。西郷ら幕末の志士に、思想的に影響を与えた。

（※3）松平春嶽（慶永）　福井藩主。将軍継嗣問題では島津斉彬らと連携、西郷も信頼を寄せた。葉室氏は『天翔ける』で春嶽を描いた。

この原稿は、葉室氏が亡くなる二〇一七年十二月に病床で語っていた『大獄』第二部のテーマ、構想について、残された音源を元に「オール讀物」編集部が構成したものである。

文春文庫

読書《どくしょ》の森《もり》で寝転《ねころ》んで

定価はカバーに
表示してあります

2022年6月10日　第1刷

著　者　葉《は》室《むろ》麟《りん》

発行者　花田朋子
発行所　株式会社 文藝春秋

東京都千代田区紀尾井町 3-23　〒102-8008
TEL　03・3265・1211㈹
文藝春秋ホームページ　http://www.bunshun.co.jp

落丁、乱丁本は、お手数ですが小社製作部宛お送り下さい。送料小社負担でお取替致します。

印刷製本・凸版印刷

Printed in Japan
ISBN978-4-16-791900-9

（　）内は解説者。品切の節はご容赦下さい。

葉室　麟
銀漢の賦
江戸中期、西国の小藩で同じ道場に通った少年二人。不名誉な死を遂げた父を持つ藩士・源五の友は、名家老に出世していた。彼の窮地を救うために源五は……。松本清張賞受賞作。（島内景二）
は-36-1

葉室　麟
いのちなりけり
自ら重臣を斬殺した水戸光圀は、翌日一人の奥女中を召しだした。この際、御家の禍根を断つべし——。肥前小城藩主への書状の真意は。一組の夫婦の絆の物語が動き出す。（縄田一男）
は-36-2

葉室　麟
花や散るらん
京で平穏に暮らしていた雨宮蔵人と咲弥。二人は朝廷と幕府の暗闘に巻き込まれ、江戸へと向かう。赤穂浪士と係り、遂には吉良邸討ち入りに立ち会うことになるのだが……。（島内景二）
は-36-3

葉室　麟
恋しぐれ
老境を迎えた与謝蕪村。俳人、画家として名も定まり、よき友人や弟子たちに囲まれ、悠々自適に暮らす彼に訪れた最後の恋。新たな蕪村像を描いた意欲作。（内藤麻里子）
は-36-4

葉室　麟
随筆集
柚子は九年で
西日本新聞掲載の文章を中心とした著者初の随筆集。墓場鬼太郎、如水、るしへる、身余堂、散椿、龍馬伝、三島事件、志在千里など、とりどりのテーマに加え、短編「夏芝居」を収録。
は-36-5

葉室　麟
無双の花
関ヶ原の戦いで西軍に与しながら、旧領に復することのできたただ一人の大名・立花宗茂。九州大友家を支える高橋紹運の嫡男、宗茂の波乱万丈の一生を描いた傑作。（植野かおり）
は-36-6

（　）内は解説者。品切の節はご容赦下さい。

葉室　麟
山桜記
命の危険を顧みず、男は妻のため出兵先の朝鮮半島から日本へ還る（「汐の恋文」）。大名の座を捨て、男は妻と添い遂げた（「花の陰」）。戦国時代の秘められた情愛を描く珠玉の短編集。（澤田瞳子）
は-36-7

葉室　麟
影踏み鬼
新撰組篠原泰之進日録
伊東甲子太郎を慕い新撰組に入隊、後に赤報隊に身を投じた久留米藩脱藩隊士、篠原泰之進。彼の目を通して見た新撰組の隆盛と凋落。（朝井まかて）
は-36-8

葉室　麟
河のほとりで
小説のみならず、エッセイにも定評のある著者の文庫オリジナルエッセイ集。西日本新聞の「河のほとりで」を中心に、文庫解説やその時々の小説の書評も含まれた掌編集です。

は-36-9

葉室　麟
嵯峨野花譜
若くして活花の名手と評判の高い少年僧・胤舜は、ある理由から父母と別れ、京都大覚寺で華の道、人の道を学びつつ次第に成長を遂げていく。もう一つの天保の改革秘話。（澤田瞳子）
は-36-10

葉室　麟
大獄
西郷青嵐賦
西郷隆盛は薩摩藩主の島津斉彬に仕え、天下国家のことに目覚める。一橋慶喜擁立のため主斉彬とともに暗躍するが、主の急死、そして安政の大獄により全てを失い……。（内藤麻里子）
は-36-11

安部龍太郎・伊東　潤・佐藤賢一
葉室　麟・山本兼一
合戦の日本史
当代きっての歴史小説家五人が、日本史を大きく変えた、桶狭間の戦いから幕末維新の戦いまでを徹底的に分析した大座談会をここに収録！

は-36-51

（　）内は解説者。品切の節はご容赦下さい。

磯田道史
龍馬史
龍馬を斬ったのは誰か？　史料の読解と巧みな推理でついに謎が解かれた。新撰組、紀州藩、土佐藩、薩摩藩……。諸説を論破し、論争に終止符を打った画期的論考。（長宗我部友親）
い-87-1

磯田道史
江戸の備忘録
信長、秀吉、家康はいかにして乱世を終わらせ、江戸の泰平を築いたのか？　気鋭の歴史家が江戸時代の成り立ちを平易な語り口で解き明かす。日本史の勘どころがわかる歴史随筆集。
い-87-2

磯田道史
無私の日本人
貧しい宿場町の商人・穀田屋十三郎、日本一の儒者でありながら栄達を望まない中根東里、絶世の美女で歌人の大田垣蓮月——無名でも清らかに生きた三人の日本人を描く。（藤原正彦）
い-87-3

磯田道史
徳川がつくった先進国日本
この国の素地はなぜ江戸時代に出来上がったのか？　島原の乱、宝永地震、天明の大飢饉、露寇事件の4つの歴史的事件によって、徳川幕府が日本を先進国家へと導いていく過程を紐解く！
い-87-4

磯田道史
日本史の探偵手帳
歴史を動かす日本人、国を滅ぼす日本人とはどんな人間なのか？　戦国武将から戦前エリートまでの武士と官僚たちの軌跡を古文書から解き明かす。歴史に学ぶサバイバルガイド。
い-87-5

沖浦和光《かずてる》
幻の漂泊民・サンカ
近代文明社会に背をむけ〈管理〉〈所有〉〈定住〉とは無縁の「山の民・サンカ」はいかに発生し、日本史の地底に消えていったか。積年の虚構を解体し実像に迫る白熱の民俗誌！（佐藤健二）
お-34-1

加藤陽子
とめられなかった戦争
なぜ戦争の拡大をとめることができなかったのか、なぜ一年早く戦争をやめることができなかったのか——繰り返された問いを、当代随一の歴史学者がわかりやすく読み解く。
か-74-1

司馬遼太郎
歴史を紀行する
高知、会津若松、鹿児島、大阪など、日本史上に名を留める十二の土地を訪れ、風土と人物との関わり合い、歴史との交差部分をつぶさに見直す。司馬史観を駆使して語る歴史紀行の決定版。
し-1-134

司馬遼太郎
手掘り日本史
日本人が初めて持った歴史観、庶民の風土、史料の語りくち、「手ざわり」感覚で受け止める美人、幕末三百藩の自然人格。圧倒的国民作家が明かす、発想の原点を拡大文字で！　（江藤文夫）
し-1-136

出口治明
世界史の10人
ライフネット生命創業者から大学学長に転身した著者が、世界史上、国を豊かにするという「結果を残した」真のリーダー10人を、洋の東西、男女にわたり、斬新な視点で厳選。　（入澤　崇）
て-11-1

中野京子
ヴァレンヌ逃亡
マリー・アントワネット　運命の24時間
フランス革命の転換点となった有名な国王逃亡事件はなぜ失敗したのか。女王アントワネットの真実とは。迫真の攻防戦24時間を再現した濃密な人間ドラマ！　（対談・林　真理子）
な-58-2

西尾幹二
決定版　国民の歴史（上下）
歴史とはこれほどエキサイティングなものだったのか。従来の常識に率直な疑問をぶつけ、世界史的視野で日本の歴史を見直した国民的ベストセラー。書き下ろし論文を加えた決定版。
に-11-2

菅原文太・半藤一利
仁義なき幕末維新
われら賊軍の子孫
薩長がナンボのもんじゃい！　菅原文太氏急逝でお蔵入りしていた幻の対談。西郷隆盛、赤報隊の相楽総三、幕末の人斬り、歴史のアウトローの哀しみを語り、明治維新の虚妄を暴く！
は-8-34

原　武史
松本清張の「遺言」
『昭和史発掘』『神々の乱心』を読み解く
厖大な未発表資料と綿密な取材を基に、昭和初期の埋もれた事実に光を当てた代表作『昭和史発掘』と、宮中と新興宗教に斬り込む未完の遺作『神々の乱心』を読み解く。
は-53-1

（　）内は解説者。品切の節はご容赦下さい。

藤原正彦・藤原美子
藤原正彦、美子のぶらり歴史散歩
藤原正彦・美子夫妻と多磨霊園、番町、本郷、皇居周辺、護国寺、鎌倉、諏訪を散歩すると、普段は忙しく通り過ぎてしまう街角に近代日本の出来事や歴史上の人物が顔をのぞかせる。
ふ-26-4

本郷和人
さかのぼり日本史
なぜ武士は生まれたのか
「武士」はいかにして「朝廷」と決別し、真の統治者となったのか。歴史を決定づけた四つのターニングポイントから、約六百五十年間続く武家政権の始まりをやさしく解説。
ほ-25-1

松本清張
私説・日本合戦譚
菊池寛の『日本合戦譚』のファンだった松本清張が、「長篠合戦」「川中島の戦」「関ヶ原の戦」「西南戦争」など、戦国から明治まで天下分け目の九つの合戦を幅広い資料で描く。（小和田哲男）
ま-1-112

宮部みゆき・半藤一利
昭和史の10大事件
歴史探偵と作家の二人は、なんと下町の高校の同窓生(30年違い)。二・二六事件から東京裁判、金閣寺焼失、ゴジラ、宮崎勤事件、日本初のヌードショーまで硬軟とりまぜた傑作対談。
み-17-51

宮城谷昌光
中国古典の言行録
中国の歴史と文化に造詣の深い作家が、論語、詩経、孟子、老子、易経、韓非子などから人生の指針となる名言名句を選び抜き、平明な文章で詳細な解説をほどこした教養と実用の書。
み-19-7

三浦佑之　訳・注釈
口語訳　古事記
神代《かみよ》篇
記紀ブームの先駆けとなった三浦版古事記が文庫に登場。語り部による親しみやすい口語体の現代語訳で、おおらかな神々の物語をお楽しみ下さい。詳細な注釈、解説、神々の系図を併録。
み-32-1

三浦佑之　訳・注釈
口語訳　古事記
人代《ひとよ》篇
神代篇に続く三十三代にわたる歴代天皇の事績と皇子や臣下の物語。骨肉の争いや陰謀、英雄譚など「人の代の物語」を御堪能下さい。地名・氏族名解説や天皇の系図、地図、索引を併録。
み-32-2

三浦佑之
古事記神話入門
令和を迎えた日本人必読の「国のはじまり」の物語。ベストセラー『口語訳 古事記』の著者が、古事記のストーリーをあらすじと解説でわかりやすく紹介する。日本書紀との比較表掲載。

み-32-5

與那覇 潤
中国化する日本 増補版
日中「文明の衝突」一千年史
中国が既に千年も前に辿りついた境地に、日本は抗いつつも近づいている。まったく新しい枠組みによって描かれる興奮の新日本史！　宇野常寛氏との特別対談収録。
よ-35-1

楊《よう》 海英《かいえい》
逆転の大中国史
ユーラシアの視点から
「中華は漢民族の国」、は幻想だ。多彩な民族が入り乱れて文化を発展させてきた真の歴史を見よ。南モンゴル出身の気鋭の文化人類学者が、中国史の常識を覆す。（川勝平太）
よ-39-1

文藝春秋 編
テロと陰謀の昭和史
張作霖を爆殺した河本大作、辻政信が語った石原莞爾、井上日召の血盟団秘話、黒幕とされた真崎甚三郎が語った二・二六事件など、当事者たちが文藝春秋に寄せた証言を集成。（保阪正康）
編-6-19

幕末維新を愛する会
西郷隆盛101の謎
薩摩の下級武士から明治維新の立役者となり、反乱軍の首領として死ぬという数奇な人生を丹念にたどる。日本で最も人々に愛される偉人「西郷どん」の実像が、この一冊で明らかに。

編-6-20

文藝春秋 編
西郷隆盛と「翔ぶが如く」
西郷の挙兵原理を薩摩文化の側面から検証した司馬遼太郎。歴史の転回点に立つ巨人の思想を探った山本七平――多彩な執筆陣による人物論や当時の写真・絵で辿る「西郷どん」の世界。

編-6-21

文藝春秋 編
世界史一気読み
宗教改革から現代まで
混迷を極める世界情勢、その謎を解くための鍵は「歴史」にあり。ルターの宗教改革からトランプ大統領までの世界史を総まとめ。この一冊で「現代世界はいかにして出来たか」がわかる！
編-6-22

（　）内は解説者。品切の節はご容赦下さい。

火坂雅志
真田三代（上下）
山間部の小土豪であった真田氏は幸村の代に及び「日本一《ひのもと》の兵《つわもの》」と称されるに至る。知恵と情報戦で大勢力に伍した、地方の、小さきものの誇りをかけた闘いの物語。（末國善己）
ひ-15-11

火坂雅志
常在戦場
行商人ワタリの情報力で仕えた鳥居元忠、「馬上の局」と呼ばれた阿茶の局、「利は義なり」の志で富をもたらした角倉了以など、家康を支えた異色の者たち七名を描く短篇集。（縄田一男）
ひ-15-13

火坂雅志
天下《てんが》　家康伝（上下）
惜しまれつつ急逝した著者最後の文庫本。信長のアイデアも、秀吉の魅力もない家康が、何故天下人という頂に辿り着けたのか、その謎に挑んだ意欲作！（島内景二）
ひ-15-14

百田尚樹
幻庵《げんなん》（全三冊）
「史上最強の名人になる」囲碁に大望を抱いた服部立徹、幼名・吉之助は、後に「幻庵」と呼ばれ、囲碁史にその名を刻む風雲児だった。天才たちの熱き激闘の幕が上がる！（趙　治勲）
ひ-30-1

藤沢周平
隠し剣孤影抄
剣客小説に新境地を開いた名品集〝隠し剣〟シリーズ。剣鬼と化し破牢した夫のため捨て身の行動に出る人妻、これに翻弄される男を描く「隠し剣鬼ノ爪」など八篇を収める。（阿部達二）
ふ-1-38

藤沢周平
海鳴り（上下）
心が通わない妻と放蕩息子の間で人生の空しさと焦りを感じる紙屋新兵衛は、薄幸の人妻おこうに想いを寄せ、闇に落ちていく。人生の陰影を描いた世話物の名品。（後藤正治）
ふ-1-57

藤沢周平
逆軍の旗
坐して滅ぶか、あるいは叛くか――戦国武将で一際異彩を放ち、今なお謎に包まれた明智光秀を描く表題作他、郷里の歴史に材をとった「上意改まる」「幻にあらず」等全四篇。（湯川　豊）
ふ-1-59

藤沢周平
回天の門（上下）
山師、策士と呼ばれ、いまなお誤解のなかにある清河八郎は、官途へ一片の野心ももたない草莽の志士でありつづけた。維新回天の夢を一途に追った清冽な男の生涯を描く。（関川夏央）
ふ-1-61

藤沢周平
蟬しぐれ（上下）
清流と木立にかこまれた城下組屋敷。淡い恋、友情、そして忍苦――苛烈な運命に翻弄されながら成長してゆく少年藩士・牧文四郎の姿を、ゆたかな光の中に描いた傑作長篇。（湯川　豊）
ふ-1-63

藤沢周平
春秋の檻　獄医立花登手控え（一）
居候先の叔父宅でこき使われながら、小伝馬町牢医者の仕事を黙々とこなす立花登。ある時、島流しの船を待つ囚人に思わぬ頼まれ事をする。青年医師の成長を描く連作集。（末國善己）
ふ-1-65

藤沢周平
風雪の檻　獄医立花登手控え（二）
重い病におかされる老囚人に「娘と孫を探してくれ」と頼まれ、登が長屋を訪ねてみると、薄気味悪い男の影が――。青年獄医が数々の難事件に挑む連作集第二弾！（あさのあつこ）
ふ-1-66

藤沢周平
愛憎の檻　獄医立花登手控え（三）
新しい女囚人おきぬは、顔も身体つきもどこか垢抜けていた。そのしたたかさに、登は事件の背景を探るが、どこか腑に落ちない。テレビドラマ化もされた連作集第三弾。（佐生哲雄）
ふ-1-67

藤沢周平
人間の檻　獄医立花登手控え（四）
死病に憑かれた下駄職人が過去の「子供さらい」の罪を告白。その時の相棒に似た男を、登は牢で知っていた。医師としての理想を探りつつ、難事に挑む登。胸を打つ完結篇！（新見正則）
ふ-1-68

藤井邦夫
恋女房　新・秋山久蔵御用控（一）
〝剃刀〟の異名を持つ南町奉行所吟味方与力・秋山久蔵が帰ってきた！　嫡男・大助が成長し、新たな手下も加わってスケールアップした、人気シリーズの第二幕が堂々スタート！
ふ-30-36

（　）内は解説者。品切の節はご容赦下さい。

藤井邦夫
騙《かた》り屋《や》
新・秋山久蔵御用控（二）
可愛がっている孫に泣きつかれた呉服屋の隠居が金を用立ててやると、実はそれは騙りだった。どうやら年寄り相手に騙りを働く一味がいるらしい。久蔵たちは悪党どもを追い詰める！
ふ-30-37

藤井邦夫
裏切り
新・秋山久蔵御用控（三）
大工と夫婦約束をしていた仲居が己の痕跡を何も残さず姿を消した。太市は大工とともに女の行方を追い見つけたかに思えたが、彼女は見向きもしない。久蔵はある可能性に気づく。
ふ-30-38

藤井邦夫
返討ち
新・秋山久蔵御用控（四）
武家の妻女ふうの女が、名前も家もわからない状態で寺に保護されたが、すぐに姿を消した。女は記憶がない"ふり"をしているのではないか——。女の正体、そして目的は何なのか？
ふ-30-39

藤井邦夫
新参者
新・秋山久蔵御用控（五）
旗本を訪ねた帰りに柳河藩士が斬殺された。物盗りの仕業ではなく辻斬りか遺恨と思われた。だが藩では事件を闇に葬ろうとしている。はたして下手人は誰か、そして柳河藩の思惑は？
ふ-30-40

藤井邦夫
忍び恋
新・秋山久蔵御用控（六）
四年前に起きた賭場荒しの件で、江戸から逃げた主犯の浪人がどうやら戻ってきたらしい。しかも、浪人を追う男の影もちらついて……。久蔵の正義が運命を変える？　シリーズ第6弾。
ふ-30-41

藤原緋沙子
切り絵図屋清七
ふたり静
絵双紙本屋の「紀の字屋」を主人から譲られた浪人・清七郎は、人助けのために江戸の絵地図を刊行しようと思い立つ。人情味あふれる時代小説書下ろし新シリーズ誕生！　（縄田一男）
ふ-31-1

藤原緋沙子
切り絵図屋清七
紅染の雨
武家を離れ、町人として生きる決意をした清七。与一郎や小平次らと切り絵図制作を始めるが、紀の字屋を託してくれた藤兵衛からおゆりの行動を探るよう頼まれて……新シリーズ第二弾。
ふ-31-2

（　）内は解説者。品切の節はご容赦下さい。

老いの入舞い　麹町常楽庵 月並の記
松井今朝子

若き定町廻り同心・間宮仁八郎は、上役の命で訪れた常楽庵で、元大奥勤め・年齢不詳の庵主と出会う。その周囲で次々と不審な事件が起こるが…。江戸の新本格派誕生！　（西上心太）

ま-29-2

縁は異なもの　麹町常楽庵 月並の記
松井今朝子

町娘おきしの許婚が祝言間近に不審な死を遂げる。「私が敵を討ちます」――娘の決意に間宮仁八郎は心を揺さぶられる。大奥出身の尼僧と真相に迫る江戸の新本格第二弾。　（末國善己）

ま-29-3

楚漢名臣列伝
宮城谷昌光

秦の始皇帝の死後、勃興してきた楚の項羽と漢の劉邦。覇を競う彼らに仕え、乱世で活躍した異才・俊才たち。項羽の軍師・范増、前漢の右丞相となった周勃など十人の肖像。

み-19-28

三国志外伝
宮城谷昌光

「三国志」を著したのは、諸葛孔明に罰せられた罪人の息子だった（「陳寿」）。匈奴の妾となった美女の運命は（「蔡琰」）。三国時代を生きた、梟雄、学者、女性詩人など十二人の生涯。

み-19-35

三国志読本
宮城谷昌光

「三国志」はじめ、中国歴史小説を書き続けてきた著者が、自らの創作の秘密を語り尽くした一冊。宮部みゆき、白川静、水上勉らとの対談、歴史随想、ブックガイドなど多方面に充実。

み-19-36

華栄の丘
宮城谷昌光

詐術とは無縁のままに生き抜いた小国・宋の名宰相・華元。大国・晋と楚の和睦を実現させた男の奇蹟の生涯をさわやかに描く中国古代王朝譚。司馬遼太郎賞受賞作。　（和田　宏・清原康正）

み-19-34

孟夏の太陽
宮城谷昌光

中国春秋時代の大国・晋の重臣、趙一族。太陽の如く苛烈な趙盾に始まるその盛衰を、透徹した視点をもって描いた初期の傑作の新装版。一国の指導者に必要な徳とは。　（平尾隆弘）

み-19-44

くせものの譜

簑輪　諒

武田の家臣であった御宿勘兵衛は、仕える武将が皆滅ぶ。いつしか世間は彼を「厄神」と呼ぶ。滅んだのは依田信蕃、佐々成政、北条氏政、結城秀康、そして最後に仕えしは豊臣秀頼！（縄田一男）

み-59-1

あくじゃれ　瓢六捕物帖

諸田玲子

知恵と機転を買われて牢から解き放たれた粋な悪党・瓢六と、不承不承お目付役を務める堅物同心・篠崎弥左衛門の凸凹コンビが、難事件解決に活躍する痛快時代劇。（鴨下信一）

も-18-2

波止場浪漫（上下）

諸田玲子

稀代の俠客として名を馳せた、清水の次郎長。ご維新以降、旧幕、官軍入り乱れる清水で押しも押されもせぬ名士となった。その養女のけんの人生もまた時代に翻弄される。（植木　豊）

も-18-15

あかね空

山本一力

京から江戸に下った豆腐職人の永吉。己の技量一筋に生きる永吉を支える妻と、彼らを引き継いだ三人の子の有為転変を、親子二代にわたって描いた直木賞受賞の傑作時代小説。（縄田一男）

や-29-2

たまゆらに

山本一力

青菜売りをする朋乃はある朝、仕入れに向かう途中で大金入りの財布を拾い、届け出るが——。若い女性の視線を通して、欲深い人間たち、正直の価値を描く傑作時代小説。（温水ゆかり）

や-29-22

火天《かてん》の城

山本兼一

天に聳える五重の天主を建てよ！　信長の夢は天下一の棟梁父子に託された。安土城築城の裏に秘められた想像を絶する創意工夫。第十一回松本清張賞受賞作。（秋山　駿）

や-38-1

いっしん虎徹

山本兼一

その刀を数多の大名、武士が競って所望し、現在もその名をとどろかせる不世出の刀鍛冶・長曽祢虎徹。三十を過ぎて刀鍛冶を志して江戸へと向かい、己の道を貫いた男の炎の生涯。（末國善己）

や-38-2